ポーランド文学
KLASYKA LITERATURY POLSKIEJ
古典叢書
10

歌とフラシュキ

Pieśni i fraszki

ヤン・コハノフスキ
Jan Kochanowski

関口時正 訳
Translated by
SEKIGUCHI Tokimasa

未知谷
Publisher Michitani

歌

惜しみないあなたの贈り物にひきかへて、主よ、あなたは何を吾らに望む?
　限りないその善きわざにひきかへて、私たちに何を?
教会もあなたを包みきれはしない。至るところにあなたは満ちてゐる。
　深き淵にも、海の中にも、地にも、天にも。

あなたは黄金を求めることもないと、私は知つてゐる。なぜなら一切は、
　この世で人がわが物と見做《みな》す物はすべて、あなたのものであるのだから。
それゆゑに、主よ、私たちは感謝の心もて、あなたを信仰する。
　これより外にふさはしい供物を持たないがゆゑ。

あなたは全世界の主。あなたは天を築き、
　金の星々で美しく縫ひ取られた。
あなたは無辺の大地の礎《いしづゑ》を置き、

さまざまな草木もてその裸形《らぎょう》を覆はれた。

あなたの命《めい》によつて、海は岸々の内に佇み、
　定められた境ひを越えることも敢へてせず、
尽きせぬ水の河川は心寛《ひろ》く、
　明るい昼、暗い夜はおのおのの刻《とき》を心得る。

あなたの御心の儘《まま》、春はくさぐさの花を生み、
　あなたの御心の儘、夏は花穂の冠を戴き歩み、
葡萄酒や色とりどりの果実を秋は与へ、
　やがてものぐさの冬も起きあがつて身づくろふ。

あなたの御《み》恵みゆゑ、夜露が萎えた草葉の上に落ち、
　雨が干涸らびた穀物の命を苦もなく甦《よみがへ》らす。
あなたの手からすべての獣は糧を待ち受け、
　たれもがその寛やかな御心に育まれゆく。

永遠に讃へられよ、不滅の主！
あなたの御恵み、あなたの慈しみは決して已むことがない。
思し召しの限りにおいて、吾らをこの低き地上に生かしめたまへ、
吾らは、常にあなたの翼の下にとどめおかれんことをのみ願ふ。

現在では一般にコハノフスキの「讃（美）歌（hymn）」としても知られるこの《歌》（pieśń）は、原文が「主よ、あなたは何を吾らに望む（Czego chcesz od nas Panie）」という句で始まるので（翻訳では語順の関係上どうしてもそう始めることができない）、この初句を題名代わりにして言及されることも多い。印刷された形で発表されたのは一五六二年前半もしくは一五六一年中のことで、『ズザンナ』という二一四行の短い物語詩の単行本の最終頁に単独で、説明もなく、おまけのように付けられたものだった（図1）。

旧約聖書の「ダニエル書補遺」に含まれる物語「スザンナ」を題材としたこの小さな本は、シドウォヴィエツキ家のエルジュビエタ（Elżbieta z Szydłowieckich Radziwiłłowa / 1533 ~ 62）という士族の女性に献呈されたものだった。彼女が一五四八年に結婚した相手は、この時代ポーランド王国と連合して《共和国》を形成していたリトアニア大公国のきわめて有力な政治家、ミコワイ・クシシュトフ・ラヂヴィウ公爵、綽名《しゃくめい》「黒」公（Mikołaj Krzysztof Radziwiłł Czarny /

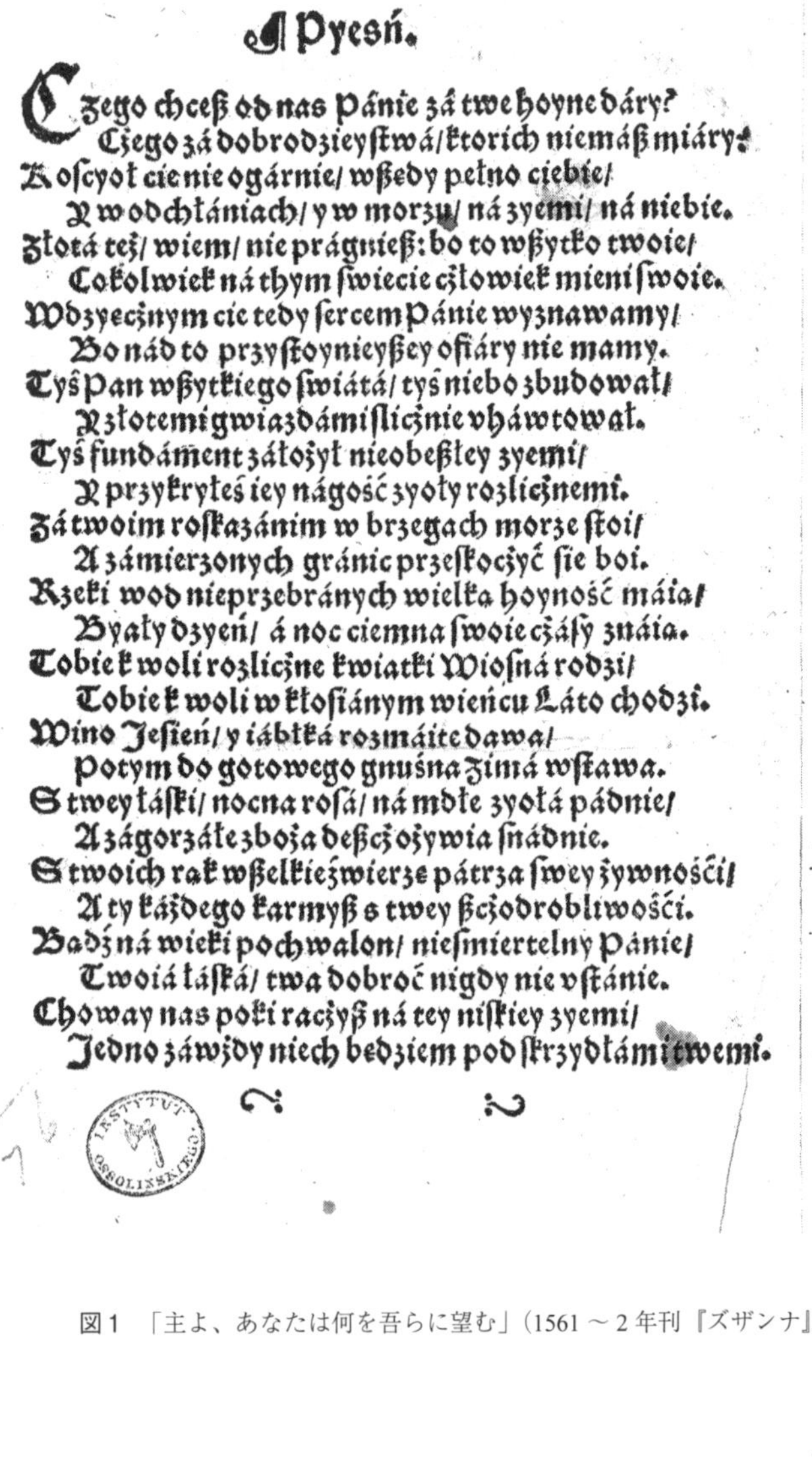
Pyeſń.

Czego chceß od nas Pánie zá twe hoyne dáry?
Czego zá dobrodzieyſtwá/ ktorich niemáß miáry?
Koſcyoł cie nie ogárnie/ wßedy pełno ciebie/
Y w odchłániach/ y w morzu/ ná zyemi/ ná niebie.
Złotá też/ wiem/ nie prágnieß: bo to wßytko twoie/
Cokolwiek ná thym ſwiecie człowiek mieni ſwoie.
Wdzyecznym cie tedy ſercem Pánie wyznawamy/
Bo nád to przyſtoynieyßey ofiáry nie mamy.
Tyś Pan wßytkiego ſwiátá/ tyś niebo zbudował/
Y złotemi gwiazdámi ſlicznie vháwtował.
Tyś fundáment záłożył nieobeßłey zyemi/
Y przykryteś iey nágość zyoły rozlicznemi.
Zá twoim roſkazánim w brzegach morze ſtoi/
A zámierzonych gránic przeſkoczyć ſie boi.
Rzeki wod nieprzebránych wielka hoyność máia/
Byały dzyeń/ á noc ciemna ſwoie czáſy znáia.
Tobie k woli rozliczne kwiatki Wioſná rodzi/
Tobie k woli w kłoſiánym wieńcu Láto chodzi.
Wino Jeſień/ y iábłká rozmáite dawa/
Potym do gotowego gnuśna Zimá wſtawa.
S twey łáſki/ nocna roſá/ ná mdłe zyołá pádnie/
A zágorzáłe zboża deßcz ożywia ſnádnie.
S twoich rak wßelkie zwierze pátrza ſwey żywnośći/
A ty káżdego karmyß s twey ßczodrobliwośći.
Bądź ná wieki pochwalon/ nieſmiertelny Pánie/
Twoiá łáſká/ twa dobroć nigdy nie vſtánie.
Choway nas poki raczyß ná tey niſkiey zyemi/
Jedno záwzdy niech bedziem pod ſkrzydłámi twemi.

図1　「主よ、あなたは何を吾らに望む」（1561 ～ 2 年刊『ズザンナ』）

1515～65）であり、ほかでもない、カルヴァン主義をポーランドに広めた立役者だった。「ルターの町」ヴィッテンベルクで学んだラヂヴィウは、一五五三年にはカトリックからルター派新教に宗旨替えし、さらに一五五七年にはカルヴァン派教会に加入し、首都ヴィリニュスにリトアニア初のプロテスタント教会を建立したり、自分の領地からカトリックや正教の聖職者を放逐したりした。また各地のカトリック教会をカルヴァン派教会に変え、新教を広めるための学校や印刷所を開いた。原語からポーランド語に翻訳された最初の『聖書』（旧約・新約の全訳。一五六三年刊）を別名『ラヂヴィウ版聖書』とも呼ぶのは、出版事業の出資者ミコワイ・ラヂヴィウ黒公の名に由来する。ラヂヴィウ黒公はジャン・カルヴァン本人とも文通していて、カルヴァンは晩年の著作『使徒行伝註解』にラヂヴィウへの献辞と長めの序文をしたためている（一五六〇年八月一日、ジュネーヴ）。このラヂヴィウについてはまた後に、フラシュカ第三集八四～八七で触れる。

　コハノフスキが『ズザンナ』を献じたラヂヴィウ公爵夫人も、無論カルヴァン派だった。おりからラヂヴィウが精力的にプロテスタンティズム普及に邁進していた時期である。そういう背景を念頭に置くと、この詩に感じられるいわば風通しのよさ、そこに横溢する新風がどこから来るのかわかるような気もし、「教会もあなたを包みきれはしない」という句にこめられた教会制度批判に近い表現も納得がゆく。ちなみに、ここで「包む」といかにも稚拙な訳しぶりになった動詞「ogarnąć」は、「理解する」としてもいいのである。

図２　ラヂヴィウ黒公。
19 世紀の石版画

図３　ラヂヴィウ公爵夫人エルジュビエタ

ところでコハノフスキの最も初期の作品の一つである「主よ、あなたは何を吾らに望む」はいつ、どこで書かれたのだろうか。版本より以前、一五五九年〜六〇年の間に、カルヴァン派の活動家ヤン・オスモルスキ（Jan Osmolski / 1562 〜 64）の写本にそれは書き込まれていた。さらにそれは、コハノフスキが詩人ピエール・ド・ロンサールやスコットランド出身でカルヴァン派の文人学者ジョージ・ブキャナン（George Buchanan / 1506 〜 82）と会っていたと考えられる一五五八年末〜五九年初頭の頃、パリで書かれたのではないかという説がある。この説を裏づける一つの証拠は、一六一二年に出版されたカスペル・ミャスコフスキ著『スラヴのヘルクレス』の序文にヤン・シュチェンスネ・ヘルブルトが書いている挿話である——

〔学者で政治家のヤン・ザモイスキは〕ポーランド人学者について語るうち、若い頃、サンドミェシュ地方で開かれた或る集会で、当時パリに遊学中だったヤン・コハノフスキの友人たちに会ったことがあるという話になった。その友人たちはコハノフスキから送られてきた一篇の歌を、参会者一同に披露したのだが、その始まりは「主よ、あなたは何を吾らに望む」というものだった。その場にはミコワイ・レイも居合わせた。レイと言えば、ギリシア人にとってのヘシオドス、ローマ人にとってのエンニウスのような価値をポーランド人にとって持つ人物である。三人とも、それぞれの民族に学問への道を示したからである。そのレイが、コハノフスキの歌を手に取り、仔細に検討した挙句、その場にいた全員を集め、自分の学問的業績について少々触れてから、コハノフスキの才知と表現力を大いに称讃し、こんな詩句で表明した――

学問においても私を凌駕するこの者、
その歌を、スラヴの女神に捧げよう。

ミコワイ・レイはカルヴァン派で、熱烈なプロテスタントだった。右の挿話に出てくる大政治家ザモイスキの周辺も、親族を含めておおかたカルヴァン派であったことを考えると、集会は宗教改革に賛同する人々の集まりであり、そこでこの歌が紹介され、レイを始めとして参会者に感銘を与えた理由も頷ける。

作者がまだ二十代にフランスで書いたと思われるこの歌は、すでに成熟した措辞ながら、中世的な黴臭さ、修道院的な内向性がなく、自然界を科学的な目で見るルネッサンス的精神や、教会や聖人、聖職者という媒介を抜きに個人として神に相対するプロテスタントの姿勢を強く感じさせる。と同時に、ここには造物主と被造物世界に向けられた讃美の詠唱、文字通り声に出して歌われるべき言葉の構造がある。それも、聖職者がラテン語で歌って聞かせるものではなく、民衆が集団であるいは個人が自分の民族言語で自発的に歌う歌としての構造である。そのように歌うこと自体に意味があるというのもまたプロテスタントたちの重要な主張の一つであった。「歌うことは、二度祈ること（Bis orat, qui cantat.）」という金言は、新教徒も尊敬した聖アウグスティヌスの言葉だという。

　実際、コハノフスキの「主よ、あなたは何を吾らに望む」は、旋律を付して歌われ、たとえば、早くも一五六三年に、ラヂヴィウ一族の拠点の一つ、ニェシフィエシュ（Nieśwież 現在ベラルーシ領）で出版された新教系の讃美歌集（現存）にも掲載されているが、残念ながら楽譜は伝わらない。原書初版では図1のように二八行の詩が連続しているが、今回の日本語訳では、一般に行われていると同様、四行ごと、七つの連に分け、連と連の間を一行あけた。そうすると、一番から七番の歌詞を持つ有節歌曲としても扱うことができることがわかる。一行が「七音節＋六音節」という、中ほどにカエスーラ（句切れ）を持つ一三音節から成り、脚韻が二行づつの厳格な構成で、楽曲化する上でも理想的な形とも言え、現に二十世紀でもユゼフ・シフィデル（Józef Świder / 1930 ~ 2014）という作曲家が、同じ題名の優れた合唱曲を一九七七年に発表している。

　この詩がいつから「コハノフスキの讃（美）歌」と呼ばれるようになったのか、私は調べきれていないが（勘で言えば十九世紀以降か）、その詮索はさておき、また新教に親和的なその内容や宗教改革の実現という背景を別にしても、作品を構成する言葉の組織そのものが有する音楽性にも、そう呼びたくなる原因はあるのではないかと思う。ただ、原詩の音楽性ほど、日本語への翻訳で無惨に失われるものはない。コハノフスキの天才がどれだけ詩の音楽性に現れているかを思えば、残念この上ないが、いかんともしがたい。なお、この詩を『第二歌集』の第二十五歌として掲げる書物もあり、それにはそれなりの理由があるのだが、ここではこの作品の特別なオーラと地位、第一・第二歌集よりよほど早く発表されたことなどに鑑み、冒頭に置いた。

目次

装幀　菊地信義

歌とフラシュキ　Pieśni i fraszki

《ポーランド文学古典叢書第10巻》

歌

Pieśni

PIESNI
IANA
KOCHANOWSKIEGO
Księgi dwoie.

Nikomu/álbo ráczéy wßytkim/ swoie kśięgi
Dáię: by kto nie mniemał (ſtrách to bowiem tęgi)
Ze zá to trzebá co dáć. wßyscy dármo miéyćie :
O Drukárzá nie mówię/ z tym ſye zrozumiéyćie.

W Krákowie z Drukarnie Lázárzowéy.
Roku M D Lxxxvj.

図４　『ヤン・コハノフスキ歌集全二集』
初版表紙（1586 年クラクフ刊）

ヤン・コハノフスキ第一歌集　Pieśni Jana Kochanowskiego Księgi Pierwsze

第二歌

季節を眺めれば、心がふくらむ——
つい昨日まで林は裸だつたし、
雪は二尺を越えて積もつてゐたし、
どんな重い車も、河を渡つた。

いまや樹々は葉を身にまとひ、
野の草々はみごとに花咲き、
氷は解け、澄んだ水面《みなも》に、

船や丸木舟が行き交ふ。

いまや全世界がまさしく笑ふ――
麥は起き上がり、西風が吹き、
鳥は巣をあれこれと工夫し、
日の出前には歌ひ始める。

そもそもあるべき喜びの基《もとゐ》は、
心正しい人間が、胸に一点の
傷も感じぬところにあるもの。
わが思ひの何を恥ぢることがあらう？

さういふ者には、ワインを注《つ》いでやることも、
リュートも、歌も必要ない。
水でもあれば、お望み次第、愉快にならう、
真実、自由気儘にしてゐられるのだから。

しかし心に潜んだ虫に齧られる者には、
大御馳走《おほごちそう》も味がせず、
どんな歌もどんな声も、彼を動かせず、
すべては耳をよそに風と吹き飛ぶ。

四方の壁を絹地で豪華に飾つても
惹き寄せることの叶はぬ、愉快な気分よ、
柴葺《しばぶ》きの粗末な四阿《あづまや》を笑はずに、だうか私と
共にゐてくれたまへ——醒めたる時も、酔《ゑ》ひたる時も。

よく知られた詩。雪が二尺以上積もっていたとある「尺」は、原語では人間の「肘(łokieć)」を指す言葉で長さを表す単位だが、おおよそ三〇センチなので、こう訳した。冬の間は河にも厚い氷が張り、重たい荷車などでも楽に渡れたというような観察は、さすがに温暖な地中海世界ではできなかっただろうから、ヨーロッパの北部ならでは、言い換えればポーランド語ならではだなというリアリズムを感じさせる。「丸木舟」と訳した舟がどういうものだったかは、よくわかっていないらしいが（原文は ciosane łodzie）、手斧《ちょうな》などで丸木を「刳《く》りぬいて」あるいは「削って」作った原始的な舟ではないかと私は考えた。最終連で「四

阿」とした語の原語「chłódnik」には、実は「涼を取るための小屋掛け」という含意がはっきりあるのだが、さすがにこれを一言では言い表せないのでこうなった。石や煉瓦の重厚な壁に壁布を張った館とは対照的に、壁のない、柱と屋根だけの四阿を想像するのだが、そうすると、原文に夏という語はなくても、この単語ひとつあることで、冒頭の冬景色とはうって変わった夏の雰囲気になるところが巧みだ。

第三歌

　絵の描かれたわが壺よ、
　釉《くすり》の掛けられた壺よ、
君のもたらすものが涙であれ、冗談であれ、熱い諍《いさか》ひであれ、
あるひはまた愛であれ、おだやかな眠りであれ、
　君に注ぎ込まれた葡萄酒が
　どんな名のものであらうとも、
近う寄れ、そして吾らが君を傾ける無礼を許せ――

私は君といふ贈り物で私の客人たちを元気づけたい。
　賢者として知られる者も
　君を避けることはない――
嘗て哲学者たちも飲んだものだが、
それで理性を欠くこともなかった。

　どんなにお堅い者も、
　君にかかれば和らがう。
賢人たちの関心事もひそかな企みも、君は
その静かな裏切りを通じて世に暴露する。

　弱つた心を、君は
　希望でよろこばせ、
王も将軍も怖るるに足らずとばかり、
弱者に君は覇気をさづける。

君には力強く堪《こら》へてほしい、
なぜなら吾らは一晩中、
君を手放すつもりがないからだ、やがてお約束で、
お日様が星々をひとつ残らず天から追ひ払ふまで。

コハノフスキの文学全体が、ホラティウスを第一のお手本として書かれているようだが、ピェシン（pieśń）つまり《歌》では、とくにそれが顕著であり、ここに訳した第二歌集第三歌などは、ホラティウスの『歌章』（*Carmina*）第三巻第二十一番の、翻訳ではないが翻案と言っても差し支えない、ラテン語文学からポーランド語文学への移植の好例だと思う。酒の壺を擬人化し、それを相手として呼びかける意匠はそのまま借り、詩想もかなり近く、四行詩×六連という全体の形も等しい。ところがホラティウスの元のカルメン（歌）にはたくさんちりばめられている固有名詞、具体的には歴史上の人物名がすべて、コハノフスキの歌では消されている。酒神リュアイオス、女神ヴェヌス、女神グラティアス、太陽神ポイボスといった神話上の神の名すらない。最終行を締めるポイボスですら、「日（dzień）」という普通名詞に置き換えられている。つまり、「移植」と書いたが、より正確を期して言えば、地中海世界をポーランドやスラヴの世界に置き換えてはおらず、それはむしろ一般化、抽象化、あるいは蒸留というべき作業だった。

今回この本を編むに際して初めて知って驚いたのは、右の歌も、音楽とともに声に出して歌われていたらしいということだった。コハノフスキとも親しかった国王秘書官で詩人のメルヒョル・プドウォフスキ（Melchior Pudłowski / c. 1539～88）が書いた「オルガン奏者のスタニスワフに」（一五八六年クラクフ刊のフラシュカ集所収）というフラシュカにこうある——

というわけで、君が「Nunc rogemus」を自分のオルガンで弾く際は、
「絵の描かれたわが壺よ」も忘れぬようにしてくれ。
また「Castigans」あるいは「Constitues」の時は、
「一体何をする、愛しい人よ、なぜ私を悲しませる？」を。
そうすれば、君の演奏ももっと神々に気に入ってもらえるだろう。
僕を信じたまえ——《変化《ヴァリエタス》は人を楽しませる》のだから。

Nunc rogemus とは、ルブリンのヤン（＝ヨハンネス）のタブラチュアに記された（一五四一年）、クラクフのミコワイ（Nicolaus Cracoviensis / N. C.）作のオルガン曲を指すのだろう。曲を聴いてみたが、コハノフスキの詩をどう歌うのだろうか、素人の私には皆目見当がつかなかった。ともかく、「主よ、あなたは何を吾らに望む」のように、いかにも歌われてきたただろうと想像できるものに比べて、こういう詩が歌われていたということは私にとって新鮮な発

見だった。またこのフラシュカでプドウォフスキが強調しているのは、宗教的な曲ばかりでなく、世俗の歌も演奏するとそれだけ変化に富んで面白いということらしい。

第四歌

あれは黄金の、しかも如何なる毒もない矢だつたが、
射損《そこ》なふことのない愛は、私をその矢で射貫いた。
私は自分の恋心の中に懸念を見つけることができず、
むしろ、言ふに言はれぬ歓びを心に感ずるのだから。

尽くすこと即ち隷属ならず——献身に応へてくれぬ
相手に尽くすことこそ、最大の
不幸に等しい。そんな悲しみから
私をまもつてくれた愛よ、ありがたう。

貴女の貌《かほ》には、人をして否が応でも、誰よりも美しい娘よ、

貴女に尽くさざるを得なくさせる何かがある。
そのうへ、貴女の清く正しい行ひに接するならば、
どれほど自由な者であつても、喜んで貴女に隷従しやう。

とこしへに貴女の恵みに与《あづか》れたなら、そんな
幸せな人間でゐられたなら——さう私は祈る者だ。
願はくは、貴女の優しい貌の変はらずあらんことを、
たとへシビュラを凌駕する歳月を経たのちも。

傍点を施した語は原文で大文字始まりのもので、「愛」はアモル、エロス、クピド、ヴェヌスのような擬人化された概念をポーランド語で「Miłość」と書いている。クピドは、アポロンには黄金の鋭い矢を放って恋心を起こさせるが、ダフネには先の丸まった鉛の矢を用い、恋愛に対して嫌気を催させるという話がオヴィディウスの『転身物語』にあり、広く人口に膾炙《かいしや》していた。

第五歌

人間に必要なだけの量の、
己《おの》が麺麭《パン》を得ている者は、
大きな所得も、村も、町も、
高い城も欲しがらずに済む。

自足を知る者こそ大人《たいじん》
とは私の意見。
より多くを求める者は、自分に不足があることを、
その身を以ておほっぴらに人に知らしめる者。

欲望を刈り込み得た者こそ
多くのものを得た者。
トルコ人を屈服させるより、或ひはタタール人を
撃破しやうと戦ふよりも、それはむつかしい。

短い歳月のうちに
　力により世界の多くを
制したマケドニア王だが、それでも彼には
ひとつの世界では物足りぬと思へたのだつた。

　いつたい何になる、軍備が、
　或ひは貴男の権力が？
どんな金襴緞子《きんらんどんす》も心は癒さず、
どんな宝物も頭の憂ひを叩き出しはせぬ。

　いづれ情け容赦のない死神は、相手が
お大尽であれ、一介の使用人であれ、
同じやうに頸も締めれば、貸金を
取り返すまでは猶予もせぬもの。

　それでも人は、黄金が
黄金を殖やすことを希《ねが》ひ、

あらゆる努力を惜しまぬもの。
欲深い者には、幾らあつても足りはせぬ。

貴男が死んでも、
すべては残るぞ、御主人よ、
貴男がこれまで貪欲に集めたものは、
誰の家かは知らぬが、残るに違ひない。

近寄り難いその宝物蔵《ほうもつぐら》も、
早晩朽ちて破綻しやう。
貴男が心に懸けるワインにしても、やがて
貴男の子孫がそれで馬を洗ふことになるだらう。

第六歌

貴女の旅立ちは、愛しい人よ、私をひどく苛《さいな》みはするが、貴女の意思に逆らつてまで、引き留めやうとは思はない。
私としては、貴女がどんな地にあつても、
何事も順調に運ぶやう願ふまでだ。しかし

どんな風が起こり、どんな雲が空の上で
渦巻くことか、あなた自身にも見える通りだ。
鹹水《かんすい》の上に吹き上げられる、狂つたやうな大風が、
そして海が、どんなことをなし得るか、私は知つてゐる。

恐るべき蛮族の妻どもと子らは経験するがいい、
大風が海を掻き乱しながら、どんな勢ひで飛ぶことか
——凄まじい波が唸り声をあげ、海岸の岩が
根底から烈しく揺れ動くのだ。

さういふことが不憫なエウロパの身にも起きたのだつた、
娘はほんの少し牡牛に乗つてみたかつただけなのだが。
牡牛は彼女を乗せた儘、やをら水に近づいてゆくと、

やがて舟もなしにずんずん、ずんずん泳いでいつた。

見わたす限りの海原、見わたす限りの不安——
あはれエウロパは、いよいよ怖れ戦《をのの》いた。
岸辺は見えず、渡し守には信が置けず、
心は恐怖に呑まれ、両の眼には悲しみの涙。

やがて名高いクレタの島に到着するや、
あまりの悲しみに髪かき乱し、
泣きながら訴へた——「私の愚かな振る舞ひで
生き別れとなつてしまつた、慈悲深いお父上、

この国で、私は何をすればいいのでせう？
生娘のあやまちを償ふにも一死で足りませぬ。
私が自分の軽はづみな行ひを悔いて涙するのは現《うつつ》のこと？
それとも、象牙の扉から出てきては、

怪しい夢を人にもたらす夢魔どもが、
罪なき私を誑《たぶら》かしてゐるのでせうか？
海を渡つた方がよかつたのか、それとも
野の花と戯れてゐた方がよかつたのか？

たとひつい先頃まで私の愛を享《う》けてゐたとはいへ、
あの破廉恥な牡牛は、今この手に捕らへたならば、
頭の角《つの》も落ちるほどに苛酷な
苦しみを味はふことになるでせう。

恥といふものを知らずにわが家を後にした私は、
死を先延べするならば、今も恥を知らぬことになる。
わが神よ、私の願ひが聞こえるならば、
今日にも私を獅子どもの只中に裸で立たせたまへ！

麗しい貌が黴《かび》に覆はれる前に、
瑞々《みづみづ》しい肢体から美が剥落する前に、

狼どもよ、私をこの美しさのままに喰ひ殺し、
私の骨を四方《しはう》の砂漠にまき散らすがいい！」

「情けない娘よ」――父の答は厳しい――
「なぜ死なぬ？　丈の低いその樅《もみ》の木と
解《ほど》けず残つた帯とがおまえの体を支へやう。
もし切り立つ巌の上の死がよければ、

風の力に身をゆだね、思ひ切つて飛び降りるがよい、
糸繰車《いとくりぐるま》に繋がれて、王家の娘よ、
無慈悲な異教の女の手に預けられ、
主人に仕へる奴隷の身となるを望むより」

フェニキアの王アゲノルの娘、類稀れな美貌の持主、エウロパは、彼女に恋し、牡牛に変身したゼウスに騙され、その牡牛に乗ったままクレタ島まで連れてこられた。娘を拉致された父アゲノルは絶望し、四人の息子に娘の捜索を命じるが、結局子供たちの誰一人として戻らなかったという、有名な「ヨーロッパの誘拐」をモティーフに用いているが、第一連から

第三連で愛する女性が旅立っていったことを嘆きながらも無事を祈る男は誰で、女性は誰かということは明かされていない、というより、彼らには名が与えられていない。そうしてそのことと、続いて回想（夢想？）されるエウロパとその厳しい父の対話とが、意図的に混線させられ、微妙に響きあう。ホラティウスの『歌章』第三巻第二十七歌に学んだ作品であるには違いないのだが、ホラティウスの本歌では旅立った女にガラテアという名前を付けられているので、二つの筋が混同されることはないのである。

図5　エドム・ジョーラ（Edme Jeaurat / 1688-1738）の版画「エウロパの誘拐」

第七歌

かうとなつては処方も難しい。それぞれ別の道を
行くことにならう。暫くは余興もリュートもお預けだ。
私の愉快な気分もまるごと、貴女とともに去る以上、
誰一人として、この牢獄から私を救ひ出せる者はない、
今のこの瞬間、地上にゐる誰よりも美しい
貴女の姿が私のこの眼に映らぬ限りは。

ありふれた顔はどれももう私の脳裡から消えた。
だが、麗しい貴女の面影は、朝まだき
大洋の上に赤るみ、夜の闇をゆつくりと
明るい耀きへと変へてゆく曙光のやうだ。
それを前にした小さな星たちは、一つまた一つと姿を消し、
やがて来る夜を早くもそしてひそかに待ちわびる。

それが私の眼に映る貴女の姿だ。すらりとした

その脚がこれから踏みしめてゆく道は幸ひだ。
鬱蒼たる森よ、峨々たる岩よ、おまへたちが羨ましい、
私を差し置いて、そんな悦楽を味はふのか——
不幸な私の頭が懐かしみつづけるあの優しい声、
あの心地よい言葉を耳にするであらうおまへたちが。

わが愉しき余興、愉しきわが宴！
悲しむ心は希望で支へるほかに、だうやら
私のための処方はないやうだ——
人は希望を耕し、希望の上に種を蒔く。
だからそんなにつれなくしないで欲しい、貴女の美しい貌を
いつまでも見られぬといふ罰を私に科さずにおいて欲しい！

第八歌

貴女がどこにゐやうとも、神よ、良き時間を遣はしたまへ！

私は常に貴女のものとして生きてきたし、貴女のものとして死ぬだらう。
神は大昔からさう予定してをられた。私がそれを悔やむこともない、
貴女ひとりの裡に他の百人より多くのものを私は見つけたのだから。

他の女性よりも見目麗しく生まれたばかりでなく、
行ひによつても貴女は一度としてその顔を汚《けが》すことがなかつた。
翠玉《エメラルド》によつて、黄金の魅力が倍加するごとく、
その高貴な魂も、その肉体の中にあつてこそふさはしい。

私の目が確かだとして、もしもつと良いものを
味はふことができるならば、私は幸せ者だ。
しかし私たちは、道なき海上のごとく、みづから望む
処へではなく、風に運ばれてゆく方へ航海してゆく外ない。

とはいへ、或ひは愛自身が自分に都合のよい夢を拵《こしら》へてゐるのかもしれず、
或ひは貴女もまた私が貴女について疑ひを懐くことを望まぬのかもしれない。
そんな希望が私の世界を甘くしてくれる。もし万が一、違ふ経験を

せねばならぬとしたら（お慈悲を、主よ）むしろ死んだ方がいい。

第九歌

吾らも皆で楽しむとするか？
召使たちに、主《あるじ》よ、命ぜよ、
食卓に、美酒をどしどし運ぶやう、
ついでに金のゲンシレ或ひはリュートを奏でるやう。

あした吾らの身に何が起こるか、
言ひ当てられる賢い者がゐるか？
先のことは、神のみぞ知る。そして人間が
必要以上に思ひ煩へば、それを天からお笑ひになる。

蓄へは大切に使ふがいい。
あとは全て、フォルトゥナの

処理に任せるがよい——慈悲深くなさらうと、
厳しくなさらうと——吾らは女神の掟に従ふのみだ。

フォルトゥナの許、人は容易に
立つたままで墜落するもの。
ついさつきまで女神の足許にゐたと思つた者が、
だうだ、一瞬後には吾らを見下ろし、蔑むではないか。

虚しいこの世では、全てが
不思議に絡み合つてゐる。
すべてを理性で穿鑿しやうとする者は、
結局核心に至らぬままに命を終へる。

死すべき者が永遠の事柄を
気に懸けても所詮は無意味。
太古から神の摂理に由来するものからは
逃れる術《すべ》がないと承知してゐればそれで充分だ。

幸も不幸も堪《た》へることを知り、
或る事には雄々しく抗ひ、
或る事においては思ひ上がることもない、
そんな精神を培つた者は、絶えて惑ふことがない。

ゆるぎない幸福を私は称《たた》へる――
また自分が得たものは、それが
永遠を望まぬ限り、私は手放す、そして徳の衣を引つ被り、
余分な利益のない清貧をこそ、私は求めてゆかう。

風の俄かに帆に打ちつけるや、
船底へ体を十字にうつ伏して、
聖人たちを様々な供物で味方につけやうと拝み倒すことなど、
私には到底できない。どこぞの岩場に舳《みよし》を突つ込んで、
高価なトルコの品々を欲深き

水になど呉れてたまるか、と。
私はといえば、心おだやかにして、希望に満ち、
荒々しい海も、傾《かし》ぐことない小舟で渡ってゆかう。

第十歌

誰が私に翼を与へ、誰が私に羽《ペン》を持たせ、
こんな高みに据ゑて、全世界が見渡せ、
必要ならば、みづから天に触れることも
できるやうにした？

世界の始まりから絶えず立ち還りくる
歳月を営みながら、無限の軌道を
巡る、黄金の太陽の、かの
不滅の炎か、これが？

夥《おびただ》しい星々を率ゐる者にして豊穣の祭司、
かの変幻する耀きの球体か、これが？
妙《たえ》なる音が聞こえる。果して現か、それとも
　　ヒュプノスの幻惑か？

此処はだうやら、暗い霧も達せず、雪も
冷たい雹《ひょう》も害を為すことがないやうだ。
永遠の晴天、あらゆる方角にひろがる、
　　無限の昼がつづく。

あなたの尊《たっと》さにふさはしい数々の宮殿が、
主よ、この眼に見える、何とも立派な
有徳の人々が天に昇り、あなたの傍らに、
　　席を占める様子が。

誰が貴男を見誤らう、スラヴ人のレフよ、
誰よりも早くこの国に居を定め、

その勇猛さによつて、手ごはい北の沿岸を
　征服したそなたを？

見ればクロクは、高みに坐してはゐても、
わが町の方に目を向けてゐるではないか。
ヴァンダは衣裳でそれと判るものの、姿は
　真《まこと》の男子のやう。

此処には知恵者プシェミスウも召されてゐれば、
奸計を見破り、駿馬《しゅんめ》を駆つては
競走の試合を勝ち抜け、たまさか王冠を
　手にした者もゐる。

神は嘘偽りを厭ふ。そしていかに正義の者を
愛されるものか、それをピャストは今も感じる。
その誇り高き後裔が地上を治める間《かん》、みづから
　天に住まひつづけて。

ゼモヴィトも、まこと他の者に引けを取らず
父と並び立つ。一段高い位のミェツワフよ、
キリスト教のポーランド伝来は、
　　そなたの手柄。

直ぐその後ろに見えるのは雄々しいボレスワフ達。
彼らの果敢さと弛まぬ努力によつて、
ポーランドは版図を大きく押し拡げ、
　　心を強くしたのだつた。

一同の中には、修道院の暗がりから王位へと
引き出された、かの聖なる修道士もゐれば、
二人のレシェクもゐる。丈は低いが勇気ある
　　益荒男《ますらを》の王もゐる。

戦闘においても、媾話においても卓越した、

ヤギエウウォと二人のカジミェシュが見える。
ほとんど星に等しい、気高きヴワディスワフよ、
あなたの姿も見える。

此処には大いなる心の持主、オルブラフト王もゐる。
その御代にポーランドは栄え、長い戦ののち
平和のうちに安らいだ、アレクサンデル・
ズィグムントの傍らに。

みづからの果敢さの報ひとして
天上の喜びを得た、高貴な魂たちよ、
祖国が同じやうな者たちを大勢生んでくれるやう、
祈念したまへ。

そして今日《こんにち》、そなた達の後に国家を統《す》べる者は、
幸運に恵まれ、健やかに、吾らを治めるがいい、
そして委ねられた者を、高齢になるまで

庇護せぬやうに。

第一集第十歌の冒頭は実に効果的な語り出しだと思う。語り手はもちろんコハノフスキ自身で、翼（＝羽＝ペン）によって、イカロスよろしく飛翔し、太陽や月をまじかで見るというのだが、藝術家個人としての誇り高い、一種のマニフェストと読める第二集最終歌（二十四歌）とは違い、第五連以降の内容は最後まで、自分のことではなく、ポーランド歴代の君主についての物語である。あまりにたくさんの人名が出てくるので、その説明は割愛し、ここでは第六〜七連に登場する三人の神話的人物についてだけ解説しておきたい。

レフ（Lech）、チェフ（Czech）、ルス（Rus）というスラヴ人兄弟の物語が、伝説として少なくとも十三世紀から存在する。伝説をポーランドで広め、定着させた『ヴィエルコポルスカ年代記』に従えば、ドナウ河の南側にあった古代ローマ帝国の属州パンノニア出身の三人は北方を探検する旅に出て、やがてそれぞれが別々の土地に国家を建設してその名に因んだ名を与えたという。チェフはチェコ、ルスはルーシを建国し、最も若いレフは、現在のグニェズノ市あたりに都を造ったという。レフの名からはその後レヒアとかレヒスタンという国名、あるいはレヒタ（Lechita）、ラフ（Lach）などの民族名も生まれたが、それがポルスカ（英語でポーランド）やポーランド人を指すポラック（Polak）といった名称とどう関わるかという説明は省く。

コハノフスキはこの詩の中で、レフが、ヴィスワ河とオドラ河に挟まれた、シロンスク〔＝シレジア〕を含む地域のすべてを「剣により、騎士たちの戦により征服した」という、『マルチン・ビェルスキの年代記』に沿った、攻撃的なレフ像を借りている。

クロク〔Krok〕は、現在では一般的にクラク〔Krak〕あるいはクラクス〔Krakus〕の名で知られ、古都クラクフを建設した者とされるので、「わが町」はクラクフのこと。ヴァンダという女性の伝説も、クラク〔そこではグラク〕が登場する同じ年代記にあるので、ここで紹介する――

ヴァンダ姫伝説〔『ヴィンツェンティ師の年代記』「第一の書」から〕

いやいや、グラクの思い出がとこしえに伝えられるようにと、グラクの名を取ってグラコヴィアと名づけられた世にも名高い都が、ほどなく巌〔＝ヴァヴェルの丘〕の上に造営されたさ。そして都の造営が終了し、完成するまで、弔いのさまざまな儀式もまた絶えることなく執り行われ続けたのだ。もっとも、クラクフの名は、例の怪物の屍骸に集まってきた鳥の群れが「クラークラー」と鳴く声に由来すると言う者も中にはいるがね。

ところで、町議や豪族、すべての民にいたるまで、亡くなった君主を慕う気持のあまりの強さに、そのたった一人の忘れ形見である、ヴァンダという名の娘に、父の後を継いで為政を託すこととなったのだ。娘は、姿形の美しさにおいても、心根の愛すべきことにかけても、あまりに抜きん出ていたので、そうした美質を与えた天は、惜しみないというよりも寧ろ浪費家だとさえ言えるだろう。実際、思慮深い人々の中でも最も賢明な者でさえ、ヴァンダのする判断に驚嘆し、敵の中でも最も恐ろしい者どもでさえ、ヴァンダの姿を見るだけで柔和に変じた。そういうわけで、一応空位といえないこともない王座を狙い、あるドイツ人の暴君が、この地の民を滅ぼすという企みをもってして凄んだのだったが、結局は、かえってヴァンダの不可思議な魅力に屈して、武力による挑戦を放棄してしまうのだ。彼の軍がはじめて女王の姿を目にした時のことだ。兵隊たちは皆、あたかも太陽の光に撃たれたかのように、あたかも神々しい命令が下されたかのように、敵意を喪失し、戦をやめたのだ。われらは人を怖れるのではない、その人のうちにある人ならぬ威厳を敬うのだ、と彼らは言った。彼らの王は、恋慕に苛まれてか、憤慨のあまりか、あるいはその両方からか、こう言った——

「ヴァンダよ海に、
ヴァンダよ大地に、
天つ雲にヴァンダは命ぜよ。
民のため、不滅の神々に

自らを供物に捧げよ。
そして余は、諸君、諸君になりかわり、地底の神々に晴れがましき供物を捧げよう。諸君は、また諸君の後を継ぐ全ての者もまた、途切れることなく連綿と、女性の統治の下に年老いてゆくことだろう！」
言い終わると王は剣を抜き、わが身を刺し貫き、霊〈＝息〉を吐き出した。怒りのさめやらぬ命《いのち》はしかし、嘆きと共に、亡霊たちの中へと去った。

女王の王国の中心をなす河の名ヴァンダルは、女王の名に由来するという。それゆえ、ヴァンダの支配下にあった人々はみなヴァンダルと呼ばれた。ヴァンダは誰に嫁ぐことも拒み、結婚より貞操を重んじたがため、世継ぎなくしてこの世を去った。そしてその死後、王を戴かぬ国は長い間安寧を得ることがなかったのだ。

ヴァンダ姫伝説についてのまとまったこの一節を含む年代記は、十三世紀初頭に書かれたとされ、伝説を最初に取り上げた〈あるいは創作した？〉最初の書物だと考えられている。続いて著された『ヴィエルコポルスカ年代記』、ヤン・ドゥウゴシュの『名も高きポーランド王国の年代記』もこの物語を扱うのだが、そこでヴァンダの入水《じゅすい》自殺、ヴィスワ河への投身という、後世きわめて重要視されることになるモティーフが加わる。あたかも、右の訳で「自らを供物に捧げよ」と告げたドイツ人暴君の予言めいた言葉を成就させようとするかのように。

　ここに訳した第十歌ではヴァンダにわずか二行しか割いていないコハノフスキだが、ラテン語で書いた『エレギア集』第一巻第十五歌「ヴァンダ」では、全体で百行以上の長詩をヴァンダに捧げている。そこでは、自分を恋い慕うドイツ人豪族騎士の求婚を退けた女王ヴァンダとそのドイツ人騎士との間に戦争が勃発、彼女自らが陣頭指揮をとったポーランド軍は敵将を斃《たお》す。しかしクラクフに凱旋したヴァンダはヴィスワ河の崖の上に立って神々に呼びかけ、入水し、かねて誓った通り「自らを供物に捧げる」。ラテン語がわからない私は、種々あるポーランド語訳で読むだけなのだが、劇的で臨場感のある、みごとな構成の叙事詩だと感じる。この物語は現代にいたるまで様々なジャンルで語り直され、脚色され、

図６　ヴァンダの騎馬像（1597 年刊
マルチン・ビェルスキ著『ポーランド年代記』32 頁）

命脈を保っている。カロル・シマノフスキの歌曲《ヴァンダ》（作品四六bの五）もその一つである。

ヴァンダが人を惹きつける理由としては、大きな共同体を統治する、あるいは戦争を遂行する女性という、卑弥呼やジャンヌ・ダルクのようなヒロイン像の面白味、ドイツ人と結婚するくらいなら死んだ方がましだという、大衆化・通俗化された愛国者女性のイメージを前面に押し出す十九〜二十世紀の反ゲルマン・キャンペーンの強さ、入水による女性の死を美化するオフィーリア・コンプレックスの訴求力などが考えられる。

なお、実は勉強不足で、この第十歌の最終二行の意味が私には呑み込めていない。手許にある註解をいろいろ見ても、説明がない。「今日、そなた達の後に国家を統べる者」は、当時のポーランド国王ズィグムント二世アウグストを指すはずなのだが……

第十三歌

おお、この季節にしては余りに美しい夜よ、
ここ、森の中に野営する吾らを隈《くま》なく見よ、
蜜蜂の群れさながらに、主人を囲み、

朝まで火を掻き立て、警固する吾らを。

ポーランド建国以来、徳において
並ぶ者のない、敬虔なる御方が、
今次の旅を無事まつたうされ、
すべてを意のままに成し遂げられますやうに。

つい先頃、根こそぎ打ち壊されたスタロドゥーブが、
みづからの兵士たちを情け容赦のない剣の下に差し出して、
吾らの足許にひれ伏したばかりの、あの恐るべき異教徒が、
またぞろ吾らの前に現れるといふのか？

倨傲《きよがう》が謙譲の一撃を耐えへ切れず、
モスクワ人たちの分捕《ぶんど》り品や討ち取られた首の数々を、
血に染まつた〔ド〕ニェプルが、中洲に次々
打ち寄せながら、深い海へと流れ下つても猶？

だが何たることか、吾らは真にかの父たちの子なのか、
これほど短い時間で、吾らは不肖の子となりはてたか？
神聖なる平和よ、おまへの許では、人々は
喜んで怠ける、それがおまへならではの欠点だ。

今では吾らの所有する金銀も増え、
吾らの食卓にのぼる皿数も増えた。
だがだうなるか、氷の上に坐すも同然の吾らめがけ、
国境《くにざかひ》は誰でもたやすく破つて来られるとすれば。

一五六七年十一月の末から翌年一月の初めにかけて、ポーランド王ズィグムント二世アウグストは、イヴァン四世いわゆる「雷帝」の君臨するモスクワ大公国への遠征を企てたが、さまざまな理由で国境にも到達せぬまま、ラドシュコヴィーチェ（Radoszkowice 現ベラルーシ共和国。ミンスクの北方四〇キロ）で軍を解散した。コハノフスキはこの遠征に参加していたのである。現場に居合わせた人間でないと書けないような、簡潔ではあるがリアリティに富んだ第一連は、映画の一場面を想わせる。「夜」に対して呼格で「吾らを隈なく見よ」と呼びかけるのも面白く、苦し紛れに「隈なく」とした原語は実は「jasno」であり、普通であれ

ば「明るく、はっきりと、明瞭に」と訳し、その語根は「明」なのである。頭上にひろがる夜の「闇」に対して、「明」そのものである言葉を用いて見よと命ずる、巧みな表現だと感心させられる。「この季節にしては余りに美しい」というのは、雨はもちろん降っておらず、恐らく風もなく、雲も少ない空なのである。この時のコハノフスキは国王の側近のような地位にあったので、「主人」が国王だとすれば、それを囲む円陣の中に彼自身がいたことになる。二連の二行目にある「敬虔な御方」もズィグムント二世アウグスト。

三〜四連は、懲りることなく幾度でもポーランド王国やリトアニア大公国に襲いかかるモスクワ、すなわちロシアに対して向けられた驚愕と畏怖の念の入り混じった言葉であり、五〜六連は、一転してポーランド人同胞に向けられた慨嘆、自己批判となっている。スタロドゥーブ（Starodub）は、現在ロシア連邦のブリャンスク州にある町の名で、この詩が書かれた時点ではモスクワ大公国領だったが、中世には独立した公国でもあったし、歴史上、リトアニア大公国の領土だった時期も決して短くはなかった。ドニエプル川支流のバビネツ川沿いに位置する。一五三五年、モスクワの兵が守っていたスタロドゥーブの砦を、ポーランド王国の大将軍ヤン・タルノフスキ（Jan Amor Tarnowski / 1488 〜 1561）が攻略し、陥落させた史実について第三連は語っているのだが、この時ポーランド＝リトアニア側は地雷を駆使して城砦の一部を破壊したので「根こそぎ打ち壊された」という形容があり、降伏を拒否したモスクワ側守備兵の一四〇〇〇人の斬首をタルノフスキは命じたとされたために、コハノフスキは、味方のことであっても「情け容赦のない剣」と書いた。ここで興味深いのは、モスクワ人をはっきり「異教徒（pohaniec）」と呼んでいることなのだが、不思議なことに、二〇〇八年刊の『ヤン・コハノフスキのポーランド語辞典』をも含めて、ほとんどの注釈ではこれについて指摘していない。相手がキリスト教徒であっても「異教徒」と名指すことはあったのだが、これはその著しい例だろう。

第四連冒頭の「倨傲」はイヴァン雷帝に代表されるモスクワ、「謙譲」はポーランド＝リトアニアの喩。ここで示唆されている可能性のある歴史的事件に、ポーランド史上でも、リトアニア史上でも有名な「オルシャ（Orsza）の合戦」がある。オルシャは現在ベラルーシ領の東側国境に近い都市で、ドニエプル河畔にある。一五一四年、この地でポーランド＝リトアニア連合軍がモスクワ大公国軍と激突し、大勝した。「深い海」は黒海のこと。

第十四歌

見よ、山々の雪が白く輝き、
　北から風が起こり、
　湖は凍りつき、

鶴どもは、冬を感じて、飛び去つた。

吾らも自分の務めにいそしむ外はない——
　暖炉に薪《まき》を、食卓に
　ワインを運ばせよ、
その外のことは、神の御心に委ねるがいい！

これから起ることなぞ、吾らの誰一人知る由もない。
　これから吾らがだうなることか、
　考えても詮ないこと——
一時間もあれば、神はすべてをひつくり返される。

短い人生は長い希望を好まぬもの。
　すでに手に入れたものは
　損はず、逃さぬことだ。
あり得べき物や事は、誰も保証はできぬ。

鹿には新たな角が生えるが、
　吾らの若さはひとたび去れば、
　　もはや永遠に失なはれ、
巡り来るのは、愈々《いよいよ》悪い歳月ばかり。

第十五歌

これは私の仕業ではなく、私が望んだせゐでもない。
愛しい人よ、貴女の振る舞ひを見れば、私にはわかる。
お望みなら探せばいいが、別の理由は見つからぬだらう。
きつと別の誰かがもつと愛しくなつたといふことだらう。

で、私は何と言へばいいのか？　逆らふつもりはない。
ただ、女たちのあの変はりやすさはいつたい何処から、
彼女らが夏の風のやうに変化するのはだうして――と、
そのことだけが不思議でならない。

つい最近まで、私は運のいい人間たちの
数に入り、貴女からすべてを許された者と
見做されてゐたし、自分でもすつかり
天国にゐるやうな気になつてゐた。

今では別の、逆風が私めがけて吹き、
私は希望もろとも、すべてを失なつた。
いかなる魔女が人を醜く変へる魔法を私にかけ、
よこしまな悪の言葉によつて誑《たぶら》かしたか。

貴女の心がともにゐたいと願ふ相手が誰であれ、
だうか、愛しい人よ、貴女の思ひ通りになるやうに。
ただ、真の友を見抜ける目を持ちたまへ。
多くの中から一人を見定めるのは難しい。
器量を愛でる者には信を置くな。

さういふ者が拠つて立つ地盤は弱い――
太陽はいつの日も等しく沈み、等しく昇るが、
吾らからは、歳とともに、常に何かが去つてゆく。

やがて最期の時がくれれば、なきがらを
葬つてくれる者はなかなか見つからぬ。
私は貴女にとつてのそんな友でありたい、とは言へ、
私の墓で貴女に泣いてもらふ方がもつといい。

第十八歌

気前のいいわが隣人よ、お招きはかたじけないが、
貴君の家の宴会は、だうあつても御免かうむる。
反吐《へど》が出さうなその麥酒を無理やり私に飲ませては、
杯の底が見えるまで飲み干さなかつたと言つては白眼視。

貴君には何から何まで気に障る——ちつぽけな蠅が一匹鼻にとまれば、
まるで自分の血が吸はれたかのやうに、前後左右に首振りたてる。
妻を食卓から追ひ払ふは、下男たちを怒鳴りつけるは、
大皿小皿を放り投げたかと思へば、腰掛けまで放り投げる。

見れば、驚いた、ここでは客人までが痛い目に遭ふ。
お望みなら怒ればいい、ただ御亭主、殴るのはよせ、
貴君の麥酒の中に、私は愉しみを感じない。貴君が私の
健康を願つて飲んでくれるのは有難いが、ジョッキはいただかぬ。

誰がたくさん飲めるかといふ、栄誉が問題なら、
そんな男らしさは貴君に譲り、私はひとり寝にゆかう。
だうせなら麥酒をやつつける騎士となりたまへ。
果して百姓を振り切り、逃げおほせるかは知らぬが。

私をもてなしてやつたのだとお考へかもしれぬが、私にとつては
あれはいぢめであつて、もてなしではない。だからこそ辞退したのだ。

私を歓待したい？　それなら貴君の家でも自由にさせてもらいたい、
自分の意志に反してまで、乾杯し合ふなど、誰が相手でもする気はない。

私に吐剤をよこしても無駄だ——隼《はやぶさ》よろしく狩りをする気はない。
むしろ何より、いつそのこと、昨日の麥酒を吐き出したい。
貴君の犬どもが私を見張つてゐるのは先刻承知だ——
私が横になつたら、すぐさま顔を舐めに来るだらう。

とにかく私は猟が嫌ひなのだ。狩猟に向いてゐるのは、
生焼けの豚の脂身やかちかちのチーズに齧りつき、
罪もない麥酒を相手に、初茸《はつたけ》、鰊《にしん》、胡瓜《きうり》で喉を鋭く研ぐ連中だ。
いつたい何が不満であぁなるものか。

だうせ素面《しらふ》でもおつむに理性はたいしてない彼らは、
その残りもすべて、愉快な宴会に沈めやうといふ魂胆だ。
理性といふもの、足りないよりは、寧《むし》ろ全く無い方がいい。
酔つ払ひも、頭が狂へばきつとそれで満足だらう。

かくて宣戦布告なしの戦争だ。亭主はてんてこ舞ひだ。
ひとり残らず、死神にかつ攫《さら》はれるがいい！
諸君の仲裁をしてゐた私まで煽りを喰らふ始末だ。
好きなだけ殴り合へばいい、私にはだうでもいいことだ。

雨あられと飛び交ふジョッキ。早くも呻吟《しんぎん》する者がゐる——
桶の一撃を喰らつたはずみで、頭が箍《たが》に嵌つた男だ。
一同が次に飛びついたのが鉄砲だ。いつたいこれが宴会か？
君らがそんなに愉快なら、いつたい何を争ふのか？

あくる日には仲直り。といふわけでまた一杯注《つ》ぎたまへ、
悪くない声の持主ならば、紳士たちの前で歌ひたまへ——
《憶えてゐてくれ、思ひ出しておくれ、最愛の娘よ！》
よりも《赤い帽子をかぶつて歩いてゐたね》の方が素敵だ。

やがて諸君の耳には五人のバス、十二人のディスカント、

六人のアルト、八人のテノール、十二人のヴァガントが聞こえやう。
そのうち音楽にも飽きると、卓上ですやすやすやすむ者も出れば、
他方で「庭に出るぞ、庭に、ぐうたら牛ども！」と怒鳴る者もゐる。

愛すべき酔漢たちよ、口には悪臭、面《つら》には
できものを覚悟せよ（そんな顔が妻は好きとか）！
歳をとつても呪はれずに生き残り、飲み続けてさへゐれば、
仕上げに、曲がつた脚、回らぬ頸を手に入れるなど造作《ざうさ》ない。

コハノフスキ文学の幅の広さを示す興味深い作品。飲酒やどんちゃん騒ぎの光景はむしろフラシュカに似合うのだが、ここではそれを敢えて長い《歌》の形に盛り込んでいる。酒飲みの隣人の批判で始まり、どうなることかと恐る恐る読み進めるうちに、最終的には「愛すべき酔漢たちよ」という、むしろ視線に温もりを感じさせる、微笑ましい風俗描写に行き着く。使われている言葉は俗語が多く、はっきりとは意味が究明されていない単語や語法もある。ホラティウスだのペトラルカだのを借用した、抽象的で典雅な表現とはうってかわって、現実生活の臭いが芬々とする、土着の言語がいかにも写実的な、それでいてユーモアたっぷりの文学がここにはある。全体に、古今東西、酒盛りの風景は似たようなものではないかと

いう感想も生まれる。第十一連に引用される大衆歌謡の題名も実際にあったものらしく、そんなことによってもリアリティは増幅される。

第四連の後半二行は言葉遊びのようなのだが、残念ながらよくわからず、訳せなかった。第六連の「私に吐剤をよこしても無駄だ——隼よろしく狩りをする気はない」の箇所に出てくる「吐剤」は、狩りの準備段階として、鷹や隼にこれを飲ませて胃の中を空にして空腹にさせると同時に身を軽くして、獲物となる動物を追いかけやすくするという目的で使われたもの。第十二連に現れる「声部」のうち、「ヴァガント」は耳なれないが、アルトとテノールの中間の高さだという。

第二十歌

その機会があれば、無礼講は楽しいもの、
だから、兄弟たちよ、皆で酌み交はすがいい。
すきつ腹では踊る気にもならぬし、
少し酒が入れば、お道化るのもたやすい。

ここでは誰も殿様ぶつた物言ひをせぬやう、
身分を嵩《かさ》に人に接する者もをらぬやう。
特権などは、壁の釘にあづけておかう、
構はん、小僧、お前も主人の横に腰掛けよ！

作法に適《かな》ふかだうかを気にするところに、
愉快な気分は決して長居はしない。
真面目とおふざけが順に来てこそ、
この世は住みやすい、さう私は諸君に言はう。

諸君が私の話に耳傾けてくれるのは結構だが、
満たした杯の一杯も献じてはくれぬか。
かつて素面の詩人といふものがゐたらうか？
そんな者にろくな仕事ができるはずもない。

といふわけで、来たまへ、私は裏切らぬ。
諸君もまた、機会が巡つてくれば、各々

隣の女性の耳に、何事なりと囁けばいい。
ここでは何に気兼ねする必要もない。

こんな場では、どんな賢い者であらうと、
愉快な気分になかなか乗れぬ者の肩を私は持たぬ。
時は逃げる、明日はどんな運命が巡つてくるか、
予知できる人間などゐないのだから。

今日は朗らかにせよ、今日は宴を楽しめ、
やつて来る日を案じても無駄なだけ――
それは疾《と》うの昔に天の神がお考へになつたこと、
その御計《おんはか》らひに君の加わる余地などない。

今度はいたつて酒盛りに対して肯定的な歌。「兄弟たち」というのは、同じ士族身分に属す者に対して使った言葉だが、読んでゆけば、その場には使用人も女性も同席していることがわかる。「特権（原文は複数形）」を、帽子や服を掛けるためにある壁の釘にあずけておけ、というくだりを読むと、武士が茶室に入る前、棚に刀を掛けたことを連想させられる。ポー

ランドの士族階級（いわゆるシュラフタ）は、数多くの特権を有していたと同時に、同じ士族同士であれば、貧富や地位の差を無視して対等、平等につきあえることを理想としていた。

ヤン・コハノフスキ第二歌集　Pieśni Jana Kochanowskiego Księgi Wtóre

第二歌

私の歌のあとで、冷たい岩が
踊り出すやうにと願ひはしない。
狼どもは私の歌に耳傾けるな、
森も私の後を追ひ駆けるな。

ハンナ、私は貴女のために歌ふのだ、
もしも貴女の愛顧が得られるならと、
私はアムピオンも、竪琴《キタラ》弾きの

アリオンも凌駕したのだ。

貌だけでは私は眩惑されない。
武勇の誉れ高い先祖の末裔といふ、
旧家の紋を着けた別の女性が、
華々しく登場してきても、

私は、私の言葉によつて、
教養ある女性に気に入られたい。
別の誰かに非難されても構ひはしない、
わが女主人よ、私は貴女に褒められたい。

徳ある者を羨むのは世の常、
勢ひのある樹は風の気に入らぬ。
だが私は貴女みづからに助けて貰ひたい、
嫉妬は私たちを脅かしはしない。

もしもわが家の低い敷居が、
貴女の足に、美しき足に
見合ふなら——もはや何も要らない、
私は有頂天にまで昇りつめやう。

陋屋《ろうをく》の壁みづからが貴女の名を呼び、
愉快な気分とともに貴女を待つてゐる。
庭に立つ科《しな》の木も、木立ちの隙から、
しよつちゆう貴女の方を眺めてゐる。

駿馬を引いて来させ、貴女は貴女で
乗るための支度をするがいい。
青々と森の美しく装ふ——
今がいちばん愉しい季節。

野にはとりどりの花が咲き、
ライ麦畠の兎ももう見えず、

手ぶらでヴィスワに行かずに済むと、
つましい農夫は望みを抱く。

牛たちは水辺で気儘に遊び、
牛飼ひはひとり涼しい場所で
素朴な歌を笛で奏で、
森の牧神《ファウヌス》たちが跳ね回る。

急げ、明るい夕映えが、
流れの速い海に沈まぬうちに。
まもなく黒い闇が立ち上がり、
明けやすい夜を運んでくるまへに。

第一連は、当時の読者であれば、あるいは後の時代でも教養ある人は、オルフェウスに関連づけて読んだに違いないが、その知識や前提がなくても味わえるのではないだろうか。むしろオルフェウスという固有名詞がない方が、言葉に迫力を感じると言う人もいるかもしれない。第二集第二歌は一般に、「教養ある女性」ハンナに向かって、田園の美や楽しさを説きながら、コハノフスキの自身の領地チャルノラス（Czarnolas）――日本語の地名に似せて書けば「黒森」――に招く、呼びかけの詩としてよく知られた作品である。「低い敷居」は直訳で、誤解を招きかねない。位の低い粗末な家だが、その分入りやすいという二重の意味。第九連は、野兎の姿が遠目では見えなくなるほどライ麦が育ち、この収穫があれば、ヴィスワ河まで行って、そこから船に積んで河口にあるバルト海の港町グダンスク（ドイツ語でダンツィヒ）の市場で売ってもらえば稼ぎになると農夫は考えるという話である。

第五歌

永遠の恥辱、報はれ得ぬ損失、
ポーランド人よ――ポドーレの地は荒れ果て、
おぞましき異教徒は〔ド〕ニェステルの
畔《ほとり》に屯《たむろ》し、みすぼらしい戦利品を分け合ふ。

不実のトルコ人が放つた犬どもは、
おまへの美しい女達を子等《こら》もろとも

追ひ立てた。いつの日か吾が
故郷に戻れる望みも今はなく。

女たちの或る者はドナウの向かふへ、トルコ人に売られ、
或る者は遠い韃靼《だったん》人のオルドへと連れゆかれた。
士族《シュラフタ》の娘達が（神よ憐れみたまへ！）
ムスリムの犬どもの為に穢《けが》らはしき床を敷く。

人殺しどもが、不幸にも、人殺しどもが
吾らを襲ふ。町を造らず、村も造らず、
ただ平原の幕屋に起き臥しして、無体にも
吾らを、無体にも吾らを喰らふ韃靼人ども。

かくて棄てられた羊の群を、
賊狼が思ひの儘に引き裂き、
牧夫は羊も見守らず、
勘の鋭い犬も従へず。

あの取るに足らぬ民にも敵はぬ吾らは、
どれだけトルコ人を思ひ上がらせたことか？
彼は吾らに王まで宛てがひかねない。
よく見れば、本当にさうなりかねない。

眠気をふり払ひ、今こそ吾が身を案ぜよ、
誉れ高きラフよ！　運命が彼とおまへの
いづれに仕へたいと誰が知る？
軍神《マルス》が判決下すまでは、一歩も退《ひ》くな！

今こそ、思慮を巡らせる時、
おまへの損失を、敵に血をもて償はせ、
今日《こんにち》おまへがその大地を傷つけられて、
被つた汚辱を雪《すす》がせるべく。

吾らも馬に跨るか？　それとも皿が吾らを離さぬか？

哀れな皿どもよ、一体何を待つといふのか?
鉄をまとつた軍神が味方するのは、
銀器で食べるにふさはしい君子だ。

鍛《う》ち直さん、銀皿を銀貨に、鍛ち直さん、
そして兵士には銭を用意せん。
他の者はむやみに銭を道に投げたが、
吾らは無事に生き残る為に与へるべきでは?

与へよ、先づは与へよ! 自らの身は
更なる逼迫《ひっぱく》に備へて保全せよ。
胸よりも、先に楯を差し出せ、
刺されてから楯を弄《まさぐ》つても遅いのだ。

「損をして後に賢きポーランド人」の句を私は好む。
だが真実は、我等からこの句さへ奪ふならば、
ポーランド人は新しい諺を購ふことになる、

則ち、損をする前にも後にも愚かなり、と。

韃靼人すなわちタタール人の来襲は何度もあったが、一五七五年のものはポーランドでもあまり意識されていない。日本で言う元寇と同時代、十三世紀の来襲は有名だが、「黄金の世紀」あるいはルネッサンスと呼びならわされてきた十六世紀にもあったということが意外でもあるだろう。ただ、より新しい勢力であるトルコ、つまりオスマン帝国、そしてモスクワの脅威に比べれば、タタールの影が薄かった。この第二歌にはタタール人もトルコ人も両方登場する。第一集第十三歌と同じ「異教徒（poganiec）」の語がロシア人を指して第一連で使われているが、今回はタタール人のことであり、それも「不実のトルコ人が放つた犬ども」とされている。ともにムスリムであり、彼らはトルコにけしかけられてポーランド＝リトアニア連合国家の領土に侵略してきたという認識である。

十三世紀のタタールがはるばるモンゴルから来てポーランド全域を席捲《せっけん》したのに対して、十六世紀にポーランド人たちが直接まみえたのは、すぐ南に国境を接するクリミアのタタールだった（「南」と書いたがそれは物理的地理であって、人々の空想地理では「東」だった）。この歌でコハノフスキが悲憤慷慨しているのは、クリミア汗《ハン》国の全盛期であると同時に、ポーランドは国王の空位という危機に見舞われた時期だった。

一五七五年のタタール侵攻についてよく語られるのが、ポドーレ地方（ウクライナ語でポジーリヤ）を中心に、ウクライナの広範囲な地域が荒廃したということと、女性を含む民間人を捕らえて人身売買目的で奴隷市場に出す「ヤスィル（jasyr）」が大規模に行われたということで、この歌でもそれが描かれている。この年の九月半ばにクリミア半島を出発したタタール勢は、汗《ハン》デヴレト一世ギレイの息子らに率いられてドニエプル河を遡り、キーウのあたりで西進に転ずると、月末には二〜三万騎がポドーレに入り、その後もっとも西では現在ポーランド領のジェシュフにまで達したという。その間町や村を焼き払い、住民を虜にしながら進んだ軍は、やがて膨れ上がった徒歩の人員をかかえて速度が落ち、十月六日には帰途に就いた。捕まって商品として連行された人数は、文献により一九〇〇〇から五五〇〇〇までさまざまだが、大きな数字だった。裕福な貴族の妻や娘などが拉致された場合は、その貴族が代金を払って請け出す、つまり買い戻すこともあったが、そうでなければこの詩にあるようにトルコのハーレムに売られたり、タタールの宿営地で新たな人生を始めた。女性は白い布で頭を被っていたことから、「白いヤスィル」と呼ばれ、クリミアやイスタンブールの市場で高値が付いた。男性は労働力として買われるか、オスマン帝国軍の精鋭、近衛歩兵軍団イエニチェリのようなイスラム戦士として教育された。

第六連で「取るに足らない民」とされているのは、従ってクリミア・タタール人のことである。第七連の「ラフ（Lach）」は、第一集第十歌でも触れたレフと同じ意味の異形で、ポーランド人の古称。

第六歌

金の竪琴の王女、慰めの詩の王女よ、
　憂愁を癒やす者よ、
口づから期限を教へてほしい、親しい友を
失なふ者はいつまで泣かねばならぬのかを。

自分が元気な時は病人を慰めるのもたやすいが、
　ひとたび不運に見舞はれれば、
人に助言しやうとした本人みづから、
自分を救ふことは叶はぬと悟るもの。

貴男の不幸、経験はまこと涙に値する、
　おお、知事殿よ！
言葉にし難い善良さと徳義心を持ち合はせた、

伴侶にして貞節な妻を亡くしたのだから。

たとへ貴男がオルフェウスの竪琴を手に、
　カロンの舟に乗り、
太陽が自分の光を決して送らぬ、
陰鬱な地下の国を訪れたとしても、

忘却の泉の水にひとたび触れた魂を
　取り戻せはせぬ。
かくて、救出が同時に挫折をもたらす
この場合、忍耐だけが最良の処方か。

第七歌

太陽は焼きつけ、地はまことに灰となり、
　土埃《つちぼこり》の中、世界が消える。

河は、河底から逃げだし、
焼け焦げた草は、天に雨を乞ふ。
子供らはカラフを持つて井戸へ、食卓は科の木の蔭へ。
そこで主《あるじ》の頭を
夏の炎暑から
まもる葉の繁りこそ、嬉しい植樹のご褒美。
わがリュートよ、おまへは私と共にをれ。その優しい音《ね》が
悩める精神を慰め、
鎮め難い憂へを、
すばやい風にのせて、紅海の彼方へ飛ばしてくれやう。

第十一歌

揺るがぬ精神を保つことを忘れるな、

不運が君を悩ませ始めても。
そしてまた、増長せぬことだ、
幸運が君に味方をしだしても。

死神に従ふほかない、行ひ正しき人間よ、
たとへ君の一生が憂はしいものにならうとも、
たまには友人たちと美酒をかこみ、
愉しい一日を過ごすこともあるだらう、

ここに、透き通つて流れる小川のほとり、
鈴懸《すずかけ》の木蔭に、食卓を用意させたまへ、
酒を運ばせたまへ、樽の尽きぬ限り、
余命の許す限り、死神も急ぎはせぬから。

高価な財産は手放すがいい、
金張りの城も館も手放すがいい。
君の集めた資財がどれ程あらうとも、

すべてはやがて相続人のもの。

君が名門富家《ふうか》の生まれであらうと、
奴婢であらうと、死神にはだうでもいい――
先づ誰が籤《くじ》を引かうと、乗り込むがいい、
永遠の流人《るにん》よ、ぐづぐづせぬことだ。

ホラティウスの『歌章』第二巻第三歌のかなり忠実な翻案のようだが、原作の七連が五連に凝縮され、結果としてできあがったポーランド語も簡潔で力強くかつ美しい。最終行の「永遠の流人」は、死んでカロンの渡し船に乗り込み、冥界へ渡ることをホラティウスの本歌で「永遠の流刑」としていることの応用。

第十三歌

主に感謝を捧げやう、
その恩寵を想起しやう、

驕る者に対しては事態を攪乱し、
慎ましき者は庇護される主の恩寵を。

世界広しといへども
われに並ぶ者なしと信ずる、
手のつけ難い、あの驕慢な、
あの北方の暴君、

モスクワのツァーリが、
ポーランドの勇王に屈した。
航行不能の北の氷に
留まることもなく。

国境も、壮麗な城の数々も、
城塞都市も手放した。
命を思へば損はなかつた、
さう私も弁護せざるを得ない。

駿馬の首《かうべ》を回《めぐ》らせるがいい、
誰より逃げ足速い、親愛なるツァーリ。
峻厳《グロズヌイ》であらうとする者が、逐電か。
臆病ならば、大口叩くな。

誰が先に毛皮の帽子を脱ぐか、
それを予言できる汐時だつた。
誰が先に馬から下りるか、
それが判断できる汐時だつた。

神の御加護を、この広き
ポーランド随一の王に。
驕れる者が幅を利かさぬやう、
あなたなら、成敗してくれやう。

あなたは高慢なモスクワの

暴君から仮面を剥ぎ取つた――
それが角《つの》を振りたて威嚇はしても
噛みつかぬことをあなたは示した。

暴君は各地の城に望みを繋いだが、
それらも早くに失なつた。
反撃にもいたらなかつた。
賢明にも首を守つた。

といふわけで再びポウウォツクは、
ポーランド王、強運の
ステファンの功《いさをし》で、元通り、
ポーランドに帰したのだつた。

頻りと降る弾丸も、強固な土塁も
林立する櫓も役には立たず――
鉄の門すら、こぢ開けられた。

ああ、無敵の王よ、あなたは
壮麗な城、濠を回らした
砦を奪ふだけではない。
更に称へられるべきは、
自らを律する力のその強さ。

怒りに任せることなく、
敵に情けを掛けたあなたは、
果敢さにおいても、人間味に
おいても、彼に優越した。

お達者で、無敵の王よ。
私が感謝を籠めるこの絃《いと》が、
名高く勇猛な英雄たちと並べて、
あなたを語らぬ時は決《け》して来ない。

新しくポーランド国王になったばかりのステファン・バトーリは、第一次ポーランド・ロシア戦争（一五七七〜八二年）の中で、ロシア帝国の皇帝（ツァーリ）イヴァン四世に勝利し、重要な都市ポウォツク（Połock 現ベラルーシ）を奪還した（一五七九年）。詩はこの出来事をめぐって書かれたもの。第五連に「峻厳《グロズヌィ》であらうとする者が、逐電か」とあるのは、イヴァン四世が当時からロシア語で「イヴァン・グロズヌイ」、ポーランド語でも同様の表現「イヴァン・グロジネ」つまり「恐るべきイヴァン」という綽名で呼ばれていることを揶揄したもので、なぜか日本語ではイヴァン「雷帝」と呼ばれているので、残念ながらこの皮肉が通じない。

第十四歌

諸君、共和国を統治する者たちよ、
民を裁く正義を手にする者たちよ、
民の牧者に任じられ、群れを率ゐる力を
神からあづかる者たちよ、諸君に私は告げる――

あなた方が地上で占める神の地位は、
みづからの私事ではなく、全人類を
保護する為のものだといふことを、
常に見据ゑておくがいい、と。

より小さな者たちを治める力が与へられた
あなた方の上にも、いかなる時でも常に、
自分の行なひを反省し、報告すべき主人がゐる。
よこしまな者がそれを逃れるすべはない。

その主人は貢物を受け取りもせねば、
相手が百姓か伯爵かなどと尋ねもせぬ。
粗布《あらぬの》を被つてゐても、金襴を纏《まと》つてゐても、
たとへ僅かでも罪を犯せば、罰は下る。

私が罪を犯して受ける報ひはきつと小さい——
自分の悖徳《はいとく》でみづから身を滅ぼしてゐるからだ。

上に立つ者たちの非行が、都市を滅ぼし、
広大な帝国を根底まで壊したことを思へば。

第十五歌

アポロンは矢を射るだけでなく、
弓を竪琴に持ち替へたりもする。
マルスは軍を率ゐるだけでなく、
時として網の罠にかかりもする。

雹は常に上から降るとは限らず、
嵐が常に空を醜くするとは限らない――
風が黒い雲を打ち破れば、
次に来るのは晴天だ。

同様に、人間が憂へから

身を引き剥がさうとするのも、
厭はしい重荷として、懸念を
地に打ち棄てるのも当然のこと。

ひとたび過ぎ去つたことは全て、
回帰せぬ終わりを迎へたのだ。
来たるべき時は神の支配下、
堅固な闇夜に沈んだままだ。

今日の一日を大切にできれば、
人間の智慧としては充分だ。
あとはすべて神にまかせよ、
存分に生きることを先送りせず。

先送りせず、存分に生きよ——
先の時間を待ちながら、
生きることを始めずに、

終へることなどあり得ぬ以上。

ホラティウスの詩句の中でもよく知られる、「その日を摘め」「今を楽しめ」などと訳される「カルペ・ディエム（carpe diem）」（『歌章』I－11－8）に照応する歌。多神教の世界像から一神教の世界像への転換を含め、コハノフスキならではの独創性がどれだけあるだろうか。それは充分あるように私には思える。第一連第二句「マルスは……」は、火の神ヴルカヌスが、妻である春の神ヴェヌスとその間男、戦の神マルスとが密通しているところを網状の罠でとらえた話（『オデュッセイア』八書ほか）から。

第十九歌

（肉体は滅ばねばならぬ以上）せめて名前だけでも
吾らの後《のち》に残るやう、かうした現世の諸事に
見切りをつけて、私とともに、良い名声のみ
心がけ、志さうといふ者はゐるだらうか？

頸の長さの足る限り、何でも自分の体に詰め込み、流し込み、
家畜のやうに生きる者を人間と呼ぶのは百害あつて一利ない。
神は吾らを獣と同列に置かうとはなさらなかつた——
吾らには知性を与へ、言葉を与へ、他の誰にも与へなかつた。

だから考へ出さうではないか、みづからにふさはしい思想を、
地にあつて敬はれるべき思想、天において敬はれるべき思想を。
吾らは気高い名声に仕へやう、そしてそれができる者は、
公共の善に資することに力を尽くすがいい。

才能が充分にあり、等しく弁も立つ者は、
人々のなかに良風を植ゑつけよ。
秩序をうちたて、諍ひを防ぎ、
祖国の法と美しき自由を遵奉せよ。

そして、その為の力と勇気を神から授かつた者は、
正義の士にふさはしく、異教徒と戦へ。

軍隊をその大きさで測る者は浅はか――
勝利が必要とするのは、果敢さであつて人数ではない。
勇者の行く手はどこも平坦、愛すべき自由の為ならば、
最後の力を振り絞つて抗戦するに値する。
命を名声と引き換へる者は敗北しない――
それともそれはやがて人知れず無償で返す方がいいか？

第二十三歌

薔薇も百合も、美しいゾフィアよ、
いつまでも咲いてはゐない。
人間も、いつまでも若く、今日の
美貌のままではゐられない。

水のように逃げる時間《クロノス》、

彼とともに機会《カイロス》も、髪を
額に集めて、飛ぶ——だから
前髪を摑め、後ろは禿げだ。

来たと思えば早《は》や立ち去る冬。
われらの髪を雪が被えば、
忽ち春、忽ち夏が過ぎても、
頭のこの霜は消えはせぬ。

第二十四歌

人並み外れた、非凡な羽《ペン》を身に帯びた、
人にして鳥、ふたなりの詩人である私は、
飛ぶ。私はもう地上にとどまることなく、
羨望よりも高くにあつて、人の犇《ひし》めく

都市を蔑《さげす》む。程々の幸せの裡に生まれた私だが、
最愛の（君が私を呼ぶやうに言へば）もう一人の私、
メシュコフスキよ、私は死なぬし、ステュクスの
陰鬱な黒い流れに閉ぢ込められることもないぞ。

早くも私の脛はざらつく皮膚に被われ、
早くも私の頭は上から白い鳥へと変はり、
指といふ指には新たな羽が生え出て、
両の肩からは巨きな翼が突き出てきた。

今まさに、勇まし過ぎたイカロスより速く、
波音とどろくボスポラスの人気ない岸辺を、
キュレネの湾を、そして冷え冷えとした北斗の彼方の
極地を訪れる、私は女神らに捧げられた一羽の鳥。

私の名をモスクワが、そしてタタール人が知ることにならう、
そして異界の住人イギリス人たちも、

ドイツ人も、勇壮なスペイン人も、私を知ることにならう、
はたまたティベリスの深い流れに水汲む人々も。

必要もない葬式では、一切の悲嘆も、
一切の哀悼も、愁訴も無いやうに――
燭台も、鐘も、豪華に飾りたてた柩も、
悲しげな声で歌ふ聖歌もすべてやめよ。

コハノフスキの歌集の第一集、第二集を合わせた掉尾《ちょうび》を飾る歌は、やはりこれもホラティウスの『歌章』第二巻を締め括る第二十歌にきわめて意図的に対応させた作品で、元歌もこれもともに四行詩六連。これは色々な意味で大胆な、驚くべき作品だと私は思う。

「十九世紀初頭までもっとも著名なスラヴ詩人は、疑いもなくヤン・コハノフスキであった」と、チェスワフ・ミウォシュはその『ポーランド文学史』(二〇〇六年・未知谷刊)の中で、コハノフスキの項目を始めているが、ここでもう少しミウォシュの言葉を借りたい――

もしコハノフスキが意識的にホラティウスに対抗したとするならば、彼はこの古代の詩人から汲んだモチーフを完全に「ポーランド化」することに成功したばかりか、自分

の母語の感覚的な特質、すなわち生身の世界に根ざし、古典の味気なさとはかけ離れた特質を保つことに成功したのだ。コハノフスキは自分がラテン語の作品にも拮抗しうるスラヴ詩を創造しているとの意識をもって、次のように信じている。

わたしのことをモスクワが、そしてタタール人が知るだろう、
また異界の住人イギリス人たちも、
ドイツ人と勇敢なスペイン人がわたしを認めるだろう、
はたまたテヴェレ川の深い流れに水汲む人びとも。

ミウォシュの言う通りなのだが、「コハノフスキが意識的にホラティウスに対抗した」ことはあまりにも歴然としている。「人並み外れた、非凡な羽《ペン》を身に帯びた」詩人としての強烈な自負と野心を宣言するためには、ホラティウスという先達のやはり強烈なマニフェストの形を借りることが最善の策だった。これを発表すれば、否が応でもホラティウスと比較されるに決まっていた。形も内容も「借りる」という謙譲の姿勢を保ちながらも、これまで文学の言葉として独立していなかった世俗語、民衆語のポーランド語でも、終に、これほどの美を創造できるのだと、誰の目にもはっきりと見せる――それはそんな不敵な、未曽有の試みだった。彼には旧約聖書『詩篇』という作品もあるが、それは「翻訳」を超えた、みごと

な「創作」だった。この『歌集』最後の歌も同様だろう。ラテン語はわからない私だが、ここにあるポーランド語の完成度を感じることはできる。

ポーランド語文学の独立と出発を謳う、詩人のマニフェストという面とは別に、もう一つ興味深いことがある。自分の詩は世界中で読まれ、永遠に読み継がれてゆくはずで、自分はすでに不死の白鳥なのだから、空疎な弔いや泣き女を雇っての哀悼など無用だというホラティウスの歌の最終連と少しばかり異なるのは、コハノフスキが「燭台も、鐘も、豪華に飾りたてた柩も」やめよと言う時、それが当時プロテスタントたちが、カトリックの無意味な儀式とその付属物を批判していたことを思い起こさせる点である。事実、彼らのそうした教会批判では同じ単語が用いられていた。

なお、第二連に名の挙がっているピョートル・メシュコフスキ（Piotr Myszkowski / 1505～91）だが、コハノフスキが本当に尊敬したただ一人のパトロンであると同時に彼のもっとも良き理解者であり親友だったと言われる。教養があり、資力もあり、王都クラクフの司教にもなり、国王ズィグムント二世アウグストの側近でもあったメシュコフスキは、クラクフ大学とパドヴァ大学の後輩だったコハノフスキを早くから可愛がり、取り立てた。コハノフスキは、自分が歌詞を提供した『ポーランド語《詩篇》のための音楽』（作曲ミコワイ・ゴムウカ・一五七九年刊）を捧げ、その献辞にこう書いた——

〔略〕
私のカメーナ〔＝詩作品〕たちにも、なにがしかの
価値があり得ることを理解して下さつた、貴方はこの世で唯一の方。

貴方の励ましがあつてこそ、私は自分の詩を以て
あらゆる名高い詩人たちに挑むといふことを敢へてし、
嘗てポーランド人の足が踏み入れたことのない、
美しいカリオペ〔＝叙事詩の女神〕の巌に攀じ登つた。

そして今、私はレバノン山からダヴィデの黄金のゲンシレを、
そしてそれとともにポーランド語の新しい歌をお届けします――
敢へて見ていただく価値が皆無ではないかも知れぬ、
『詩篇』五巻、だうかその慈悲深い眼でご笑覧を。

やはり、ポーランド語による創造に並々ならぬ自負と自覚をコハノフスキが持っていたこと、そしてそれをよく理解した人間がいたということも窺われる一文だろう。なお「ゲンシレ（gęśle）」は原始的な擦絃楽器で、『歌集』第一集第九歌にも出てきた。

夏至祭の歌　Pieśń świętojańska o Sobótce

太陽が蟹を温《あたた》め、
小夜啼鳥《さよなきどり》が歌をやめると、
黒森では、時を待つて
夏至祭《げしさい》の火を燃やした。

客人たちも、家の者たちも
大勢が、焚火《たきび》に向かひ集まつた。
三挺《ちやう》のバグパイプが一時《いちどき》に鳴り、
果樹の畠がそれに応じた。

一同全員、芝に腰を下ろした。
やがてお揃ひの衣裳をまとひ、
蓬を体に巻きつけた丁度六組の
娘たちが立ち上がつた。

娘たちは誰も歌が上手で、
踊りも非の打ち所なし。
かくて順に歌が始まつた。
まづ一番目の娘からこのやうに――

一番目の娘

さあ娘たち、火が焚かれ、
私たちの場所も用意されました。
手に手をとりあひ、皆で
一緒に歌ひませぬか？

美しい夜よ、よい日和を頼みます、
大風や急な出水《でみづ》もないやうに。
今宵、夜明けの茜雲《あかねぐも》を
戸外で待つ時が来ました。

聖ヨハネのこの日には、
必ず夏至の火を焚くものと、
さう母たちが私たちに伝へ、
仲間からもさう教はりました。

子供たちは私の話をお聞きなさい、
ご先祖の習はしをお守りなさい——
お祭りはお祭りらしく致しませう、
昔はどこでもさうしてゐた通り。

昔はお祭りごとを大切にし、

何事も準備万端、臨んだものです。
大地が惜しみなく産んだのも、
人々の信心が神のお気に召したから。

今では私たち、休みなしに働き通し、
お祭りの日を大事にしませぬ――
ただただお金を稼ぐばかりで、
それでいて何一つ、残りはしませぬ。

あるひは雹に打たれ、あるひは
余りの暑さに打ちひしがれて、
収穫は年々少なくなつて、
いきほひ、物の値が上がります。

昼も働き、夜も働き――それでも
主のお助けなければ無駄なこと。
自分の麵麭《パン》で腹を満たしたければ、

神が、子供たちよ、神がなければ。
神にこそ全てを委ねませう、そして
私たち自身は怖れずにゐませう——
良い時代もきつと戻つてきます、
まだ世界の終はりではありませぬ。

そして今、この名高い夕べを、
古き習わしとて祝ひませう——
夜の明けるまで、火を焚いて、
歌ひ通しで、また弾き通しで。

二番目の娘

私の最大の欠点は、
踊らずにはゐられぬこと。

お仲間たち、教へて、ここに
そんな欠点のない娘がゐて？

誰もが私を笑顔で見るのは、
皆が同じ考えだからでせう。
では皆さん一緒に前へステップ、
ステップもいいけど、ジャンプが一番。

ジャンプをすればダンスは軽々、
そして太鼓を叩けば、ダンスは
ますます活気づき――
足はひとりでにわなわなしだす。

男前の太鼓叩きさん、腕前を
見せるなら、今がその時――
村中総出で集まつた中、
中心には選りすぐりの面々。

貴男の意中の人がこの中に
ゐないといふことがあるかしら、
さう貴男が言ふなら――信じます、
でも私たちの考へはまた別です。

今宵の祭りをだうぞ盛り上げ、
私たちの踊りもしつかり見てゐて。
きつと私たちの列の中に、誰より
気に入る娘が見つかるでせう。

私は悲しむことを知らない娘、
他の娘たちも見習ひなさい――
なぜなら、愁ひに沈む人は、自分が
思ふよりも速く老けるから。

でも愉快な気分に満たされてゐれば、

貴女はずつと元気になれるでせう。
お相手が歳をとつても、その人は
きつと、色好みで通るでせう。

続いて、私に続いて、綺麗な
輪つくり、楽しく歌つて語つて！
私に負けたくなかつたら、
お次は誰の番か、注意して！

三番目の娘

続いて、私に続いて、綺麗な
輪つくり、楽しく歌つて語つて！
注意してるわ、今度は私の番、
私も貴女に負けはしない。

全ての被造物で、人間だけが
生まれつき笑ひを知つてゐる——
物言はぬ、他のどんな動物も、
私たちのやうには笑へない。

主の数々の贈り物を侮る
者の狂気は度し難い。
愉快な気分が厭な者は、
いつそさめざめ泣けばいい。

笑ひませう！　笑ふ理由がない？
私が滑稽なことを何も言はず、
笑へる笑ひを貴方たちに期待する、
せめてそれだけでも、お笑ひなさい。

猫を曳いたあんた、出ておいでなさい、
少しの間、垣根の外に出てらっしゃい。

今日は神様もあんたを護つてくれる、
この近くには水がないから。

今日は別の誰かが乾いた地面で猫を曳く。
あんたには嫌といふまでやらせねば。
可哀相にねあんた、あんな猛獣
怒らせるなんて、誰に嵌められた？

猫に会へば、どんな泥濘《ぬかるみ》も平気で
逃げ出す人たち、あんたは知らないの？
猫の怖ろしい鳴き声聞けば、
生きた心地がしない者もゐる。

さうしたければ、猫の皮を撫でなさい、
きつと尻尾をぴんと立てるから。
猫との講和は悪いけど、戦争はなほ悪い。
今でも、隣人にするのは恐ろしい。

時には、屋根から落ちて、
足もとに転がる猫もゐる。
猫が頭の中に居《ゐ》候《さうらふ》して、
頭が良くなる者もゐる。

猫には先のことが判るといふ、
それはだう考へたらいいもの？
雨の降る前には必ず顔を洗ふ、
何と預言者のやうな獣。

非凡な狩人、仕事では、
驚くほど密かに動く。
その上、夜は滅多に眠らず、
いつでも自分の力を信じて疑わず。

猫よ、何事にも汐時は来る！　鳴いて

森の狼招かぬやうに、お気をつけ。
この群れの中にも、もう獲物に
狙ひ定めた者がゐるかも知れず。

この詩にはほとほと困らされる。どの註解書もはっきりとした一つの解釈を提示していない。その最大の原因は、全体、とくに第四連で猫が出て来てから連続する当時の諺や格言、迷信の意味が今ではわからなくなっていることにあると思われる。問題がない表現は「猫が顔を洗うと雨になる」ぐらいだろう。今では意味がとれなくなった（あるいはプラスマイナス両様にとれるような）慣用句の寄せ木細工のような難しさに加えて、私がいちばん悩まされたのは、「猫を曳く（ciagnąć kota）」にまつわる問題である。この表現の起源には、罪を犯した者に紐を持たせ、その紐の端には猫を括り付けて、猫を引っぱるよう命ずるという、一種の罰がかつて町人の世界で行われたという事実がある。その際、罪人と猫が、川や水たまり、あるいは泥濘を挟んで位置させることが多かった。そうして罪人を笑いものにする罰が、やがて遊戯にもなったという。そういうフォークロアがあったらしいということは了解できても、それでこの詩の語法を、納得できるほどに解きほぐすことは叶わなかった。やがて——恐らくコハノフスキより後のことなのだろうが——「猫を曳く」という表現に「酔っ払う」「酒盛りに参加する」という意味が加わったらしく、それを考慮すれば、翻訳はいよいよ困難にならざるを得ない。結局一つの解釈に決めない限り、基本的に翻訳は成立しないという、翻訳の悲しい宿命があるからだ。この「三番目の娘」には、私が知り得ていることを前提としただけでも、それらを組み合わせれば、何種類もの、いや、数十種類もの翻訳が考えられるだろう。

四番目の娘

私が誰のために花を摘み、
この花冠を作ったか？
外でもない貴男のため、私の心に
いちばん近い愛しい人のため。

貴男の美しい御髪《おぐし》にのせて頂戴、
私のこの花咲く作品を。
そして私を貴男の心にとどめおいて、
さうすれば、私の心もわかるでせう。

貴男のことを考へぬ、そんな時間は
一瞬たりとてありませんでした。
夢の中でも、花冠を編み――
眠つてゐても、現のやうに思ふ。

貴男について私が懐く望みは、
貴男が同じやうに私について思ひ、
私の慕ふ気持ちを蔑むことなく、
同じ気持ちを私に返してくれること。

それを隠しおほせないのが、
私にとつては悩みの種――
ここでは誰もが鋭い目をもち、また、
何が美しいかをよく知つてゐるから。

後生だから、娘たち、お願ひです、

私が必死になつてゐるこのことで、
誰かに意地悪でもされて、
辛い目に遭ひたくありません。

ほかの苦労ならどんなことでも
私は容易に引き受けますが、
私の恋路を邪魔立てする人は、
永遠に私の魂に責めを負ふでせう。

五番目の娘

打ち明けませう、私のお社中、
シモンには愛想が尽きました――
私の靴を踏みつけんばかりにして、
私が好きだと言ふ、この男には。

シモンよ、もしそれが真実なら、
私はきちんと神に感謝したでせう。
けれどもあんたは平気で人を嘲《あざわら》ふ人、
うぶな者が相手のときは特に。

自分自身を嗤《わら》ふのはあんたの勝手、でも
他人に対しては許されない、本当に――
人あしらひが巧《うま》いあんたは、どこで
誰に手を出すべきか知つてゐる。

そんな優男《やさをとこ》が身近にゐれば、喜んで
ついて行かぬ娘がどこにゐる？
希望のひとかけでも与へれば、
娘はあつといふまに満面の笑み。

私自身がそんなお馬鹿さんだつた、
だから以前はあんたを信じもした。

今では違ふし、私は知つてゐる、真《まこと》は
あんたが薬草ならぬ蕁麻《いらくさ》だといふこと。

私と話をしてゐながら、別の娘の
足を踏んでちよつかいを出す。
そんな野太い食はせ者、悪いけれど、
あんたはもう知り合ひでも何でもない。

必要以上に弁解しないで、なぜなら
人はあんたの言葉を信じるから。
自分の行ひはたいして正さず、
私を嘘つきに仕立てるあんたの言葉を。

六番目の娘

暑い日々がやつてきて、

乾いた畠はひび割れて、
かまびすしい野の蟋蟀《こほろぎ》は
烈しい太陽を呪ふ。

はや疲れた家畜らは木蔭と
流れる小川をさがし、
その後を行く牧童らの、
奏でる笛が森の目を覚ます。

畠のライ麦は熟し、
収穫の日が遠くないと、
その色で知らせる——
命ある者は皆、鎌の支度を！

秋蒔き麥には鎌が要るが、
春蒔き麥には大鎌が役に立つ。
若い衆、あんたらは束を運び、

他の者は束を積み上げて！

三日月形《みかづきがた》した大鎌が、
最後の麥を刈り取れば、
村一番の吾らの御主人、
麥穂で編んだ輪飾り担《にな》ふ。

刈穂を積んで仮屋根掛けて、
畠を後にしてやうやく、
ひと休み。さ、子供たち、
後はすべて神様に！

さうして納屋に全てが揃った
折りこそ、お客様、わが家にお越しを。
もしも日延べなさるとなれば、
私がお出かけせねばならぬ目に。

七番目の娘

円陣の中に貴男を探しても無駄ですね——
愛しい人、貴男の楽しみは野にあるのです。
踊ることより、飲むことよりも、
森の獣を追ふ方がいいのです。

私だつて、それは一番したいこと、
それ以上の願ひをもつことなどは
無理でせう。なぜなら私の心は
いつでも貴男を追ひ求めてゐるから。

私だつて、かうしてゐるより、
どこか深い森の中で、
貴男のそばにゐたいのです。
狩猟のお手伝いをいたします。

恋心が慣らせぬものなどあるでせうか？
猟犬たちとともに支度も万端、
犬が吠えれば、どこで兎を
待ち受ければよいかも判ります。

貴男が長い網を投げ、
私の手助けがもはや
何の役にも立たなくなれば、
せめて貴男の後ろで犬たちの縄を持ちます。

どんな藪も、どんな茨も
私の行く手を阻《はば》めません。
烈日も秋霜も、貴男の
傍らならば凌げます。

私の狩人さん、必要ならば

だうぞ、家路をお急ぎなさい、
どこであらうと、貴男に
ついて行くのは苦ではありません。

八番目の娘

働き者の、私の牛たち、
この林のほとりの冷たい泉と、
一度とて鎌の触れたこともなく、
牛の食んだこともない草原《くさはら》。

ここがあなたたちの今日の食事場。
私はいたるところに目を配り、
あなたたちを見守りながら、
花を摘むことにしませう。

色とりどりの花を摘み、
リボンを縫ひつけた木の皮に
飾り付け、綺麗な輪にして、
自分の頭に載せませう。

村の娘も、若い衆も、誰も
私の輪飾りを欲しがらないで。
手づから編んだ、この花の冠、
これは、私自身が被ります。

きのう同じ花冠を人にやつた私は、
長い間それを悔やむでせう。
さういふ筈ではなかつたのに、
私はたちまち奪われたから。

働き者の、私の牛たち、
この冷たい泉はあなたたちのため流れ、

緑の原はあなたたちのために花咲くのです、
一度とて鎌の触れたこともない原は。

九番目の娘

私は涙する。けれども秘めた悲しみは
私の内に夥《おびただ》しい涙をよびさます。
枷嵌《かせは》められた囚人が、内の
傷をしばし隠して、歌うたふ。

急な風によつて異郷に運ばれた
水夫が、歌うたふ。
働きづめで気を失ひかけながら、
貧しい農夫が、歌うたふ。

山鳴らしの樹の枝で小夜啼鳥が、

胸に昔の恨みが疼いてゐても、
歌うたふ。強き神よ、
人間が鳥に成れるとは！

人間界にあるうちは、
それはそれは綺麗な娘でした。
可哀想にもそれが災ひした。
誰もが美しいものを好むから。

邪《よこし》まな、裏切り者の野蛮人、
使節でも何でもない、真《まこと》の悪漢よ、
妻の妹を、姉の許に連れ帰る筈が、
おまへは、森の暗闇に連れ込んだ。

おまへは彼女の舌を切つたが、無駄だつた。
なぜなら、おまへが彼女に何をしたか、
一部始終を彼女は血で布にしたため、

悲しむ姉の許に送つたから。

あれこれ弁解を考えぬことです、
おまへの所業はすでに明々白々。
貪欲な獣に罪を着せぬことです――
おまへの曲がつた精神こそが悖徳《はいとく》。

「ひもじければ卓に着きなさい、
貴男にふさはしい食べ物を出しませう」
今まさに妻が息子をおまへのために煮る。
それは取り返しのつかぬおまへの罪。

おまへは知らぬ、王よ、おまへは知らぬ、
どんな食事、いかなる珍味が食卓に
のぼせられたか。ああ、さもしくも
おまへはみづからの体を喰らふ!

そして馳走の終わりに、
首が運ばれてくると、
酒杯が手から滑り落ち、
舌は黙《もだ》し、顔は蒼ざめた。

椅子から立つた妻は言つた——
「いかが、今日の料理は？
これぞ貴男の悪事に対する報ひ、
わが裏切り者、倅の墓めが」

すかさず夫は妻の方へ向かふ——
ところが夫は戴勝《やつがしら》になつた。
妻は燕に変身し、窓から、
呪ひながら、飛び出ていつた。

そしてかの罪なき娘は、
総身を小夜啼鳥の羽におおはれ、

今でも、愛らしい声で囀《さえづ》つては、
旅路を急ぐ者の心を和ませる。

ありがたいことに、あちらの
国々は習はしも異なるもの、
ポーランドにはいまだ嘗て
そんな怪異は現れませんでした。

けれども私には、私の心痛むわけがあるのです。
もしも今宵、人々のために歌うたはねば、
私は泣く外ありません、私の歌は――
殆ど泣き声に等しいものであつても。

十番目の娘

だうやら私が貴男に託した

願ひは無意味でしたね。
私が流した涙も、切々と訴へ、
嘆いたことも無駄でした。

貴男は自分の道を選び、
置き去りにされた不幸な私は、
深い悲しみの中、自分の魂を
永遠に苛まねばならなくなつた。

軍隊を初めて組織した者は、
雷神のやうな恐るべき銃を
自分の頭で発明した者は、
ありとある苦難を味はふがいい。

人間の何と愚かな営み——
流血の戦をしながら死神を探すとは。
そんなことをするまでもなく、

彼女は人の挫折を凝《じっ》と見てゐる。

せめてものことに、いざといふ時、
貴男と並び立つことが許されたなら、
私も甲冑を着慣れるかもしれない。
怖れる者は、滅べばいい。

けれども貴男は、無傷で戻るために、
勇敢であらうと欲してください、
そして私を、涙とひどい心痛の中で、
悲しく死なせないでください。

そして貴男が私に契つた操を
守りとげるやう、忘れずに。
操と自分自身を持ち帰つてください。
それ以上貴男に望むことは何もない。

十一番目の娘

提琴弾きさん、この美しい輪の中で、
ドロータの話を聞かせて頂戴。
ゲンシレ手に取り、好きなやうに、
あまり考へずに、お弾きなさい。

「いくら金を積んでも購ふことの
叶はぬドロータ、貨幣なら金貨、
星の中ではお月様、
それが娘たちの中の貴女。

貴女が解《ほど》いた髪はまるで
着飾つた白樺のやう、
その面《おもて》は百合と薔薇の
交じる花束のやう。

真直ぐな紐のやうな鼻筋、
磨いた大理石のやうな額、
眉は高く黒味がちで
眼はふたつの真《まこと》の黒炭《くろずみ》。

貴女の珊瑚のやうな唇、
紛ふことなき真珠の歯。
丸々として堂々たる頸、
立派な胸、白い腕《かひな》。

貴女が口を開けば、快い
言葉に、僕の心は花開く。
貴女に接吻すれば、口は
三日のあひだ砂糖を感じる。

踊ればまさしく女神。

貴女の魅力を高めるのは――
高慢さが露ほどもないこと。
美貌の人には稀れなこと。

此処にゐる誰にも優しい貴女
だけれど、僕はもう永遠の虜。
だから、貴女を称へる僕の絃は、
四方に響き渡りつづけることだらう」

十二番目の娘

平和な村よ、愉しい村よ、
誰の声ならあなたを称へ得るでせうか？
あなたの心地よさ、あなたの有難味を悉く一時に
論《あげつら》ふことのできる者がゐるでせうか？

人はあなたの庇護の下、誠実に
いかなる金貸しなどにも用なく生きます。
日々の営みは神の御心に適ひ、
糧を得るにも憂ひはありません。

余所《よそ》では仕官のために汲々とする者、
かと思へば、航海には出たものの、
大風に追ひ立てられて、
一寸先に死神を見る者。

見回せば、舌先三寸で稼ぎ、
助言を量り売りする人々。
かと思へば、儲けのために
血を流し、命を賭す人々。

農夫は鋤で地を耕します。
そこから自分も、己《おの》が一族も、

家僕の年俸も、すべての家畜も
そこから賄ひ、養ひます。

彼がため、果樹は許多《ここだ》に実り、
彼がため、蜜蜂は蜜を与へ、
彼がために羊は毛を脱ぎ、
囲ひは仔羊たちで満ちる。

彼は牧を刈り、原を苅り、
すべてを納屋に運びます。
いざ種蒔きも片付けば、
竈《かまど》を囲み、集いませう。

お次はさまざまな歌また歌、
お次は謎々遊び、
お次は会釈まじえて可笑しな踊り、
お次はジプシー踊《ツェナル》り、追つ掛け踊《ゴニョーネ》りも。

夕まぐれ、主人は網たづさへて
猟場《れふば》へ向かふか、もしくは
森に罠を仕掛ける日並み。
いつでもきつと何か持ち帰り。

川には漁網をめぐらし、
時には竿で魚《うを》を釣り。
辺り一帯、とりどりの鳥が
にぎやかに声交はす。

羊の群れは水辺で戯れ、
牧童がひとり木蔭に坐り、
鄙びた歌を笛で奏でれば、
森の半獣神《ファウヌス》ら跳びはねます。

やがて、まめな女主人は

夕餉《ゆふげ》の支度に余念なく、
家にこの蓄へがあれば、
店も屋台も要りません。

家畜たちが鳴きながら原から戻れば、
彼女みづから数をたしかめ、
乳搾りも手伝ひます。
できる限り、夫を助けるならひ。

幼い孫たちは、
長上に順《したが》ひながら、
つましい暮らしに満足し、
節度と節操を保つことも覚へます。

今はまだ日のうち、けれども
私の声が、田舎暮らしのあらゆる
心地よさ、有難味を数へ終はる頃には、再び明るい夕映へが海に沈んでしまふことでせう。

夏至の夜、つまり一年で一番短い夜に、日没から夜を徹して行う野外の祭が夏至祭である。世界各地に似たようなものがあるらしく、おそらく自然崇拝や農耕暦と関連づけての説明が可能なもので、啓示宗教とは関わりのない習俗だった。カトリック教会がこれを異教の残滓として忌避し、禁じたこともあって、ポーランドでも中世には下火になっていたのが、十六世紀には復興しようという機運があったようで、コハノフスキの作品はまさにその急先鋒と言えるほど積極的に祭を称える内容になっている。一五四三〜五七年頃に医学博士マルチン・ズ・ウジェンドーヴァが書いた本草書には、夏至祭が次のように記述されている（なお、ヨモギの学名 Artemisia は女神の名に由来）――

これら異教徒の女たちはこの薬草〔ヨモギ〕を女神〔アルテミス〕に捧げたので、彼女の日を祝う時には、ヨモギを家々の軒に吊るしたり、ヨモギを体に巻きつけたりした。そうしたのは六月の二十四番目の日で、わが国では聖ヨハネの日にあたる。またこの時、女性たちは夜になると火を焚き、踊り、歌い、悪魔を礼拝し、祈った。ポーランドでは現代に至るまで、女たちがこの異教の習慣を、棄てようとせず、ヨモギを吊るしたり、体に巻いたり、この薬草を供物に用いている。祭礼もまたこの女悪魔を祀り上げ、板を擦り合わせて火を起こし、焚火を燃やし、夏至祭というものを執り行って悪魔的な神聖さを作り上げている。人々はそこで踊りながら、悪魔的な歌、けがらわしい歌を歌い、悪魔もまた、キリスト教徒たちが自分に向かって祈り、礼讃してくれることを、小躍りして喜ぶ。彼ら村人にとっては、優しき神のことはどうでもよく、聖ヨハネの日も、優しき神を礼讃する者は一人もおらぬ一方で、夏至祭には、村人全員がさまざまな罪深い所業に及ぶのである。（Marcin z Urzędowa, *Herbarz Polski, To iest o Przyrodzeniu Ziół Y Drzew Rozmaitych, Y Inszych Rzeczy do Lekarztw Należących*, Kraków 1595, *s.* 31-32）

ほぼ同時期にミコワイ・レイが——今度はプロテスタントの立場から——書いた『ポステイッラ』には「聖ヨハネの日には、体に蓬を巻きつけ、一晩中、焚火の周りで飛び跳ねるという、何とも慈悲深く大層な行いに励む。最大の魔法や過ちが見られるのもこの時である」と皮肉たっぷりの一節がある。こうしたテクストやこの時代の他の文献を見ても、夏至祭の主役は「娘」たち、つまり未婚の女性たちだったということがわかる。焚火の炎に浄める力があると信じられたからか、娘たちは火の周りで輪舞するだけでなく、しばしば火を飛び越えるということをしたので、服が燃えることもあったという。図7は、十九世紀の画家ヘンリク・シェミラツキの絵（十九世紀末。原画は多色の油彩）で、ここには男性も四、五人描き込まれているが、いかにも脇役である。この夜だけは許されるような男女の出会いも祭の目的にはあらかじめ織り込まれていたらしく、この絵でも、男たちはひたすらそれを待ちうけているだけのように見える。

たしかに批判的な目で見ればいくらでも問題のある風習だったのだろうが、コハノフスキはレイとは違って、好意的な目で祭を描いた。「一番目の娘」では、異教どころか、正しいキリスト教的な観念にそぐうものとして弁護されている。

最終的に序の詩と十二篇の詩を並べてまとめ、「夏至祭をめぐる聖ヨハネの日の歌（単数形）」と題し、『ヤン・コハノフスキの歌集全二集』のうちの第二集に続けて、同じ書物の中で発表されたのは、すでに詩人が没した後の一五八六年だったが、彼がこれを少しずつでも書き始めたのは一五六〇年代の終わりで、書き揃えたのは七〇年代の末と言われている。コハノフスキがチャルノラス（黒森）村に本格的に腰を落ち着けたのが一五七五年頃と

図7　Henryk Siemiradzki『夏至祭』

すれば、この歌はそれを挟んで前後の十年間に書かれたことになる。つまりそれは、作者自身が現実に宮廷や教会関係の仕事を離れて、まさしく田園に「帰去来兮《かえりなんいざ》」（陶淵明）という心境になってその準備をし、現実にチャルノラス村に住み着き、また同時にドロータ・ポドロドフスカ（Dorota Podlodowska）という士族の女性と結婚した（一五七五年か）時期であり、田舎暮らしの実感や実体験がこの作品を支えていることは疑いない。たとえば冒頭の「序の歌」だが、「蟹」は占星学で言う巨蟹宮、かに座である。黄道帯上で黄経九〇度から一二〇度までの領域を占め、太陽は、おおむね夏至の日から一ヶ月間、この中にあるので、「温め」の表現がある。「小夜啼鳥」は英語で言うナイチンゲールで、巣もでき、雌雄のつがいも成立し、雛が孵化するようになるこの時期、大きな声で囀ることもしなくなる。ミコワイ・レイの文章を読んでいてもよく思うことだが、古代ギリシア・ローマや文藝復興期イタリアの、ともに主として地中海世界の自然を舞台とした文学によく学んだだけでは書けないのではないかと思われるディテイルがあり、この二行にもそれを感じる。これは実際の観察をもとに書かれた二行ではないのだろうか。

夏至祭というやや特別な主題とは別に、というよりそれを描く背景、キャンヴァスとして重要な役割を果たしているのが、田園生活とその礼讃である。「六番目の娘」で、そしてとりわけ、もっとも長い「十二番目の娘」の中で、それは強調されている。「六番目の娘」第五連の原文は実は「御主人」に呼びかける二人称呼格で書かれているが、翻訳では三人称に変えた。そして「麦穂で編んだ輪飾り」は、他の詩でもしょっちゅう出てくる、草花で作った、頭に載せるための一般的な花冠、リースではなく、収穫祭での儀式のために作る、かなり大きく重い、まさに大人の男が担ぐしかないような別物を指す。そういう麦穂で作った大きな飾り物を、今年の収穫というものを象徴してか、農民たちが領主や村長に渡すのである。

草や花で編んだ花冠（wieniec）は未婚者しか頭にかざすことが許されず、花冠がそもそも処女性のシンボルと考えられていたことを改めて想起させる「八番目の娘」は、内容も韻律もきわめて民謡に近い。誰かが曲を付けていても不思議はなく、実際、ある十七世紀の写本に、この詩が作者不明の民謡として掲載されているという。「九番目の娘」は、登場人物それぞれの名こそ示されていないが、三人とも鳥に変えられたピロメラ、プロクネ、テレウスにまつわるギリシア神話中の有名な物語を借りている。

「十番目の娘」は、晶子の「君死にたまふことなかれ」が発表される三百年前の詩だが、かなり近代的な語感もあるし、およそ村の娘が歌っているとは思えぬ格調と同時に激越さがある。ここまで女性になりかわって言葉を選べるかとも感心させられ、軍人を鼓舞する愛国的な詩もないわけではないコハノフスキと同一人物が書いたのだろうかという疑問さえ湧く。とても民謡のように歌える代物ではなく、もし曲を付けたとすれば、ロマン派の「歌曲」にしかならないだろう。

「十一番目の娘」ではふたたび夏至祭の現場に戻り、娘たちのうちの一人、ドロータに対する褒め歌が、楽隊の一人によって披露される。これは一般にコハノフスキが妻ドロータに対して贈った歌だと言われている。「提琴弾き」（原語は skrzypek）という苦しい訳は「弦楽器を弾く男」くらいの意味で、三行目の「ゲンシレ（gęśle）」は、擦弦、撥弦両様の弾き方がありうる、原始的な民俗音楽楽器を指すというが、具体的にどういうものか、今のところ私にはつかめていない。ちなみに音楽・舞踊の関連では、「十二番目の娘」の中ほど、第八連に出てくる「ツェナル（cenar）」が何なのか、長らくわからずにいたが、今回これを書きながら、これがドイツ語の Zeuner（tanz）から来ていて、後のドイツ語で言えば Zigeuner つまり「ジプシー」という意味らしいことにまでたどりついた。実際に、リュート奏者で作曲家のハンス・ノイズィドラー（Hans Neusidler）が一五四〇年に作曲した Der Zeuner Tanz という曲を、リュートやハープで演奏している現代の録音を聴いてみたが、古雅な感じはしてもどこがジプシー踊りなのかはわからない。

「十二番目の娘」は「九番目の娘」と並んで一五連、六〇行あり、集中もっとも長い。よく知られた詩である。ポーランドでは『夏至祭の歌』という名前は誰でも知っているが、読んだことがあるのはこれだけということも多いのではないかと思う。手許にある中学二年生向けの国語教科書を見ても、目次に『夏至祭の歌』とあるが、該当の頁にはこの「十二番目の娘」しか掲載されていない。たしかにこれは『夏至祭の歌』を代表する資格のある詩で、何より、田園生活を至上とする世界観が、まるで綱領のように表明されている。連を追ってそれを条項化してみると――

（一）農村の快適さ、便利さは数え切れないほどある。

（二）農村では、高利貸しの利用に象徴される金融経済に依存することなく、「神の御心に適う」正しい生活ができ、農業のおかげで食べるものにも困らない。

（三）王や貴族の宮廷に勤務する辛さや、貿易や植民地経営などで航海に出る危険とも縁がない。

（四）実直に農耕により暮らしを立てるのではなく、世俗の身分のまま司祭を務める（コハノフスキ自身のような）者のように、言葉や助言を金銭に変える職業や、傭兵などの危険な職業とも無縁である。

（五）農家は、自らの労働で農耕して利益を得、家族も使用人も養う、自己完結したシステムである。

（六）果樹栽培、養蜂、畜産はそのシステムを調和的に運営する重要な柱である。

（七）播種、収穫などの農作業は、農家あるいは農村の成員が全員で協力して行ない、労働の合間の余暇も全員で過ごし、楽しむことができる。

（八）農村の余暇には、歌や踊りやゲームなどの多くの楽しみがある。

（九）農村には狩猟の楽しみもある。

（一〇）農事の片手間として、自然と触れ合いながらの漁撈《ぎょろう》も楽しい。
（一一）牧畜には、農耕に比べればのどかな、文字通り牧歌的な生活の良さがある。
（一二）食事は一家の女主人が切り盛りするが、食糧の備蓄は充分あり、金を出して物を買う必要がない。
（一三）主婦は家事以外の農事も手伝い、夫を支える。
（一四）農村の家族では長幼の序が明確であるとともに、古くからある徳（節約、節度、節操）が円滑に世代から世代へ継承される。
（一五）（一）と同じで、農村生活の良さ、利点は数え切れないほどある。

全体として、自給自足礼讃の裏に、多くの人の手から手へと渡る、得体のしれない貨幣というものに対する警戒、薄汚れた御足《おあし》に触れることに対する嫌悪のようなものが流れている。キリスト教ではかなり長い間、高利貸しのような行為に対して厳しい禁令を出していたが、そういうことも背景にあって、うしろめたさのない農業の良さを称揚していると読んだ。同時代、カルヴァン派の作家ミコワイ・レイもまた、畜産・養蜂の良さについて「わが家に居ながらにしてこれほど高利でありながら、神の御心に適う収入もない」（傍点関口）と書いたが、二人の農村生活讃美には共通点が多い。

しかしこういう詩を書く作者自身はどこにいたのか。本当に鋤鍬を握ったかもしれないミコワイ・レイならまだしも、コハノフスキと作中の「農夫＝主人」は同一視できないし、実際、そう偽装するために言葉が配列されているわけでもない。十二番目の娘という語り手とも、作者が完全に一致しているとも言い難い。ただ、二十一世紀にこのテクストを読むわれわれは、テクストの作者が荘園領主だったということを知っている。理想的な家父長制を体現する農夫、その妻、子供たち、一族郎党、使用人、村人、そして独唱者が一人づつ前に出て歌うコーラスのような娘たちは、さながらディオラマのような「村」に配置された人形であり、彼らを動かし、箱庭を俯瞰し、楽しんでいるのはその文字通りの所有者、つまり荘園主、ヤン殿だった。おそらくチャルノラス村でも、現実に畠を耕していたのは農夫というよりも、移動の自由がなく土地に付属した農奴身分の人間であり、村の娘たちにこれだけの驚くべき教養はなかった。

自分たちは中世の騎士の末裔である、あるいは依然として騎士であるという自覚を、十六世紀ポーランドの士族（シュラフタ）は持っていた。それに対して、シュラフタが武具を農具に鋳直してしまった、そして愛国や忠君にも関わる武士《もののふ》の精神を忘れてしまった——という慨嘆調の批判をコハノフスキ自身があちこちでしていたにも拘らず、『夏至祭の歌』に盛られた農村讃歌には、嘘偽りでは書けない本音が聴きとれる。それもそのはずで、ポーランド王国およびリトアニア大公国は、十六世紀のあいだ、農業と林業を基盤にした好景気に沸いていた。穀物や木材に対する需要はとりわけ西ヨーロッパで非常に大きく、価格も上がり、飛ぶように売れた。その背景に西ヨーロッパにおける（とくにネーデルラントの）都市と商業の飛躍的な発展があったとすれば、依然として都市が抑圧されていたポーランドでは、農産物、林産物を輸出するための効率的な「農奴制荘園」こそが、農村で発達するという一種の相補関係があった。いわゆる「ヨーロッパの穀物倉庫」としてのポーランドの誕生だが、政治、行政、司法のどの領域でも都市民、農民、国王の権利が大きく制限される一方で、多い時には総人口の一割にも達した士族・貴族は、あらゆる面で大きな特権を享受していた。その彼らの拠点が、農村地帯に点々と構えられた「領主屋敷（dwór）」であり、文化的創造もまたそこで実践された。領主の館《やかた》は文化の淵藪《えんそう》でもあった。その状態は二十世紀にいたるまで続く。

穀物と木材を輸出さえしていれば左団扇で暮らせ、貨幣経済に依存する都市を発展させるべき必然性もなければ、狭く、世知辛い都会に住む必要もない、農村の自然豊かな環境で、のびのびと――しかし一国一城の主として――生活すればいいのだという、ルネッサンス期の成功体験は非常に長く、深く、ポーランド人の集団的セルフイメージに残ったと思われる。二十世紀の最初の年、一九〇一年三月一六日にクラクフ市立劇場で初演されたスタニスワフ・ヴィスピャンスキの戯曲『婚礼』冒頭場面では、「十二番目の娘」の歌の第一句「平和な村よ」が意識された台詞が発せられるのだが、それは、激動する世界から取り残されたポーランドの片田舎だけでしか通用しない平和さなのだという皮肉だった。コハノフスキの

『夏至祭の歌』自体が、美しく平和な田園生活という神話の源泉だったということの、これは一つの証拠である。

フラシュキ　Fraszki

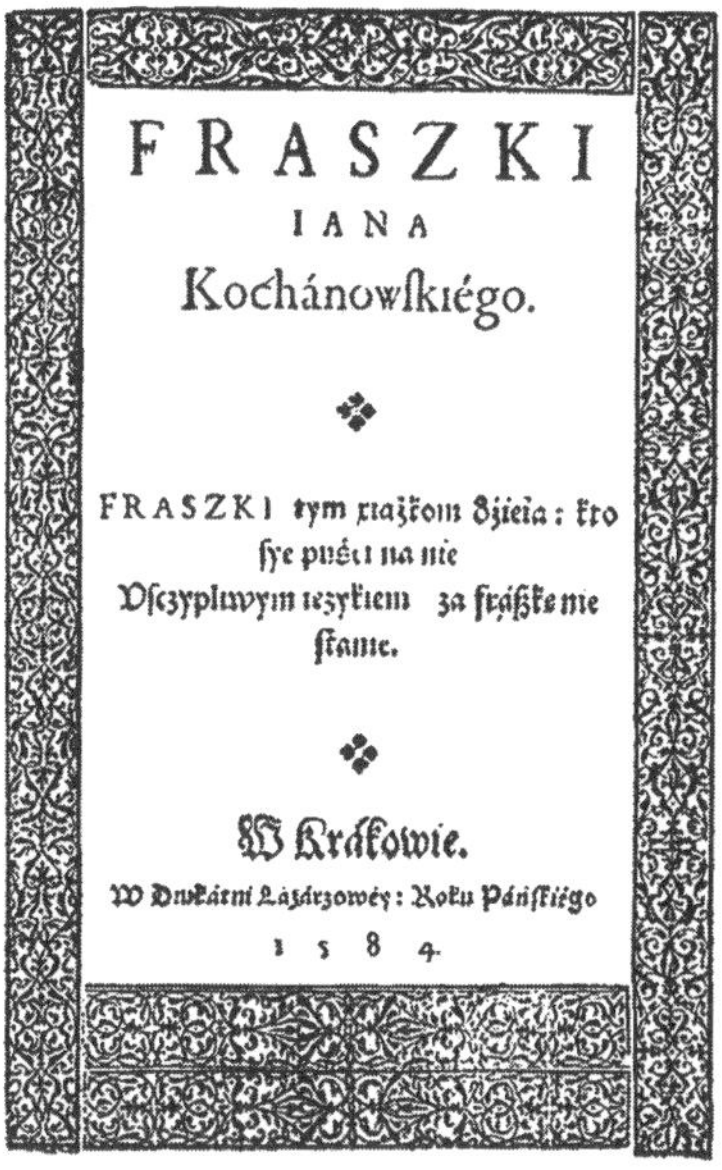
FRASZKI
IANA
Kochánowskiégo.

FRASZKI tym kśiąžkom dźieią: kto sye pušći na nie
Vszczypliwym ięzykiem za frászkę nie stánie.

W Krákowie.
W Drukárni Lázárzowéy: Roku Pánskiégo
1584.

図８　初版『フラシュキ』（1584年クラクフ刊）

ヤン・コハノフスキのフラシュキ　第一集 Fraszek Jana Kochanowskiego Księgi Pierwsze

一　読者に

もしも貴君がこの本をただで手に入れ、
巾着にはまだたっぷり銭があるのなら、
兄弟読者よ、私は貴君の手腕を称讃しやう、
およそ破産とは縁が無ささうだからだ。
しかし財布からなにがしか出したとしても、
貴君が買つたのはフラシュカだけではない。

「兄弟」の原文は「bracie」で単数形呼格。同じ士族身分の者に対してはこういう呼びかけ

方をしていた。最終行の「フラシュカ」は、詩のジャンルのことではなく、「取るに足らぬこと・もの」「つまらぬこと・もの」という、この言葉本来の意味で使われている。つまり「多少の金を使った価値はある筈だ」という自負の表明として読める。

三　人生について

吾らが何ごとを考へやうとも、取るに足らぬこと、
　吾らが何ごとを為さうとも、取るに足らぬこと。
この世に確かなことなど一つとしてなく、
　この世の物を後生大事にする甲斐もなし。
家柄、美貌、権力、金銭、名声、
　すべては野の草の如くうつろひゆくもの。
吾らと吾らの秩序を思ふ存分笑つた後、彼らは
　まるで傀儡《くぐつ》を扱ふかのやうに、吾らを袋に放り込む。

一つ前の詩と同様、ここで「取るに足らぬこと」と訳したのは「フラシュカ」一語である。

最後の二行は謎で、「彼ら」という代名詞はないのだが、動詞の形が三人称複数形なので敢えて補った。こういう場合普通は「吾らは放り込まれる」と受動態で訳すのだが、ここでそうすると、「神によって放り込まれる」のだなと解釈されるに決まっているからである。この隠された複数形の主語は何なのか。プラトンの言う「神の操り人形」とは違うのか。フラシュキ第三集にも「神の玩具《おもちゃ》、人形」（七六番）という、ギリシアの格言ずばりそのものを題にしたフラシュカがあるが、訳さなかった。

四　アナクレオンより

私は歌ひたい、血みどろの戦《いくさ》の数々を、
弓を、矢を、剣を、鎧兜を。
私の竪琴は——美しき
アプロディテの倅クピドの竪琴。
すぐにでも低音絃を切つて、
新たな絃を張りたかつた。
すぐにでもメリオンを、

敏捷なサルペドンを歌ひたかつた。
だが私の竪琴は、その性分から、
愛を歌ふことを望む。
おさらばだ、血みどろの戦よ、
私の絃たちは諸君を好まぬのだ。

アナクレオンは古代ギリシアの詩人（前六世紀前半〜前五世紀前半）で、コハノフスキは彼の詩をギリシア語原文でもラテン語訳でも読み、愛好した。自作、特にフラシュカでは、頻繁にアナクレオンの作品からモティーフを借りたり、原作の翻訳に近いものを自作の部分的構成要素として織り込んだりしながら創作した。コハノフスキの作品と原作の共通点、相違点はさまざまなので、一概には言えない。このフラシュカでは例えば固有名詞が省かれたり、置き換えが行われているものの、全体の詩想と構成は近いらしい。

五　ハンナのこと

私の心が逃げた。ハンナの許へ、としか

考へられぬのは、そこが一番居心地いいからだ。
逃亡者を家に入れぬやうにと言はうと思つたが、
何のことはない、ハンナはもう追ひ出してゐた。
私はそれを探しにゆくのだが、私自身がそこに
居残りはせぬか不安だ。ヴェヌスよ、助言をくれ給へ。

一〇 パヴェウに

パヴェウよ、間違ひない、君の隣家では、
長時間の馳走を期待しなくてもいい。
わが家の食糧庫は蜘蛛の巣だらけで、
地下室のワインも残り少ないからだ。
だがパンと（格言どほりに）塩とは、
真心こめて君の前に置けと言いつけやう。
音楽もあるし、歌も充分だ、
それでもそのお代は要らない。

なぜなら、この蛇は、大麦よりも
ライ麦よりも、よつぽど子沢山だから。
といふわけで卓につきたまへ、わが良き隣人よ、
君も久しくこんな宴会に出てゐないだらう、
料理より多くの笑ひが供される――だが
詩人にはすべてが許される、そんな宴会に。

「真心こめたパンと塩（Chleb z solą z dobrą wolą）」とは、心がこもってさえいれば、質素な食事でも御馳走という意味の慣用句で、今でも通用する。便宜的に「蛇」と訳したのはヨーロッパクサリヘビのことで、一度に三〜一八匹生むという、多産（卵胎生）であることがここではおそらく重要で、「歌や詩ならいくらでも出てくる」という意味合いらしい。

一三　とある女性に

美しくもあり誠実でもある貴女の
愛らしい顔を見てゐると、私の詩が殖えてゆく。

もしいつの日かそれらが人々に好まれるとすれば、
それらは、私よりも貴女に多くを負ふてゐるお蔭。

一九　とある女性に

もしも貴女が、心に思つたことを口で言つてゐたら、
私はすつかりそれで貴女の虜になつたことだらう。
しかし貴女が、私をわが愛しの人と呼ぶのは、
昔からの作法に従つてのことに過ぎぬだらう。

二〇　ホップについて

干し葡萄を散らした、この若い
サラダは、いつたい何の菜だ？
私の味覚が正しければ、ホップだな。

道理で、頭で感じるわけだ。

「若い」という形容詞があるので生食のサラダだと思うが、スープの可能性もないわけではなさそうである。「頭で感じる」というのは、ビールの材料としてのホップを言っていて、アルコールを感じるという冗談。

二一　信心深い女に寄す

もしも貴女が、自分で言ふやうに、罪なき生活をしてゐるのなら、
一体何の懺悔を、お前さん、あれほどしよつちゆうしてゐるのやら。

よく知られたフラシュカで、教会へ行き、聴罪司祭に自分が犯した罪の告白を聴いてもらうという告解制度に対する批判、あるいは女性信者と男性司祭との隠微な関係を示唆する揶揄と読める。図9は告解に用いる装置。司祭はボックスの中に腰掛けて耳を澄まし、信者はその外でひざまずいて、声を通す穴から司祭に聞こえるように自分の罪を告白する。

二二　櫛に寄す

これは又あまり耳にせぬ新機軸——
銀の顎鬚《あごひげ》に鉛の櫛とは。

白髪を黒くするために、鉛でできた櫛が用いられていたというのは事実らしい。ここではそれを鬚に使うということと、銀と鉛の取り合わせを面白がっている。

図9

二四　自分のこと

トランプで金を摩《す》つて初めて
　笑ひ話を書きたくなる。
だがサイフ二一文モ無シとなると、
　滑稽味も変化する。

「サイフ二一文モ無シ（w pytlu hrosza neni）」はポーランド語ではないがポーランド人ならなんとなくわかるもので、チェコ語を真似た句。

二六　ミコワイ・フィルレイに

未婚女性の前で読むのが憚られる、そんなものが、
　万が一、私の本にあつた場合は、
赦せ、わがミコワイよ、詩人自身は真面目だが、
　詩は、時として猥《みだ》らなものも洩れ出てくるのだ。

三一　コスのための墓碑銘

嘆いても泣いても、君を取り戻せはしない、
　善良なるわがコスよ、君の仲間が
この墓に君の亡骸を納めたが、彼らは昨日
　君と一緒に楽しく遊んでゐたではないか。
死神はいつ如何なる時も人間の後ろを歩いてゐる。
　健康よ、或ひは若さよ、吾らを騙すな、
いつ何時、舟に乗れと命じられるか、知る術もないのだから。
　そして向かふでは、涙も供物も意味をなさないのだから。

コハノフスキの恩人ピョートル・メシュコフスキ（前出。九六頁参照）の日記に「私のところの若い使用人、コスが夜中の一時に頸を折った。《神の祝福あれ》」（一五六〇年一一月一六日）とあり、コハノフスキもその時メシュコフスキの屋敷にいたのではないかと考えられている。コスは苗字。「舟」とあるのは、死者を冥界へ渡すためにカロンが漕ぐ舟のこと。

三二　同じく

きのふ吾らと共に飲んでゐた彼を、今日は吾らが葬る。
吾々は何故《なぜ》かうも得意気に振舞つてゐられるのか判らぬ。
死神は、黄金だらうと高価な紫衣《しえ》だらうとあづかり知らぬ。
一人づつ、鳥屋《とや》の鶏《とり》を攫《さら》ふが如く、瞬時に連れ去る。

三四　親切な殿方

さる親切な殿方、旅の道すがら、
野にゐた娘の裸足に目をとめた。
「靴も履かずに（殿方曰く）歩き回るものではないぞ、
さうしてゐるとあつと云う間に陰《ほと》が干上がるぞ」
「いいえ、ご親切な方、これには何の支障もありません、もしや殿方たち、これをお吸いになりたいのでは」

四〇　アナクレオンより

愛さぬ者はつらく、愛する者もつらい、
一番つらいのは、愛しても片思ひの者。
見返りを求めぬ愛に貴さあり、世のしきたりは
つまらぬもので、誰が与へるか、人はそればかり見る。
何より黄金を愛して溺れた人間はくたばるがいい、
さういふ者が悪しき手本となつて全世界を堕落させたのだ。
戦ひもそこから、人殺しもそこから生じる。それればかりか、
貧しい吾らを最もすばやく滅ぼすのは、吾らが愛するその相手だ。

四一　枕に寄す

私の目にはあれほど美しかつた
あの体《からだ》を支へてゐた上布《じやうふ》よ、優しい
苔のやうなそなたの和毛《にこげ》の上に、
二つの頭を仲よく並べ、二人だけの会話に
興じることを許してほしいと《運命《フォルトゥナ》》に、
悲しむ私が願つても、叶はぬのは一体なぜだ？
これ以上言ふ勇気は私にはない。だうせこんな言《こと》の端《は》からも
《嫉妬》は私の思ひを読み取るだらうと思つて怖ろしいから。

四二　癇癪持ちに寄す

飲み食いし過ぎた下男たちに腹を立てるな、
素面《しらふ》の下男らは素面の主人らと共に死んでいつた。

四四　聖なる父に寄す

聖なるとは呼べぬが、私はあなたを父と呼ぶに吝《やぶさ》かではない。
なぜなら、大祭司よ、あなたの息子たちは私の目にも見えるから。

コハノフスキのフラシュカでも最も早くに書かれたものの一つと言われる。クロアチア系ハンガリー人詩人ヤヌス・パンノニウス（Iannus Pannonius / 1434～72）が書いたエピグラムのうちの次の二行を利用している。

Sanctum non possum, patrem te dicere possum,
Cum video natam, Paule Secunde, tuam.

この原詩にはパウルス二世という実在したローマ教皇の名が見えるが、フラシュカの方にはない。その代わりに絶妙な言葉遊びが誕生している。すなわち、イタリア語でも教皇は「聖なる父（Santo Padre）」と呼ばれるように、ポーランド語では当時から今の今まで教皇を「聖なる父（Święty Ojciec）」と呼ぶのが普通なので、「父親としてあなたがどこかの女性に産ませた息子たちが現実にいるじゃないか」という意味の、強烈なプロテスタント的ヴァチカン批判として読めるのである。次の「教皇大使に寄す」とともに、コハノフスキがプロイセン王国の首都ケーニヒスベルクにいた一五五六年頃に成立したのではないかと考えられていて、そうであればこれらフラシュカのトーンも充分頷ける。なお「教皇大使に寄す」で、馭者の向きを「変える」とある動詞は「改宗させる」の意味もある。「涙と悲嘆の地」は地獄。

五〇　教皇大使に寄す

ローマ人として生まれた教皇大使よ、
　吾らに道を教へる貴方だが、自身が道を誤つてゐる。
貴方の馭者の向きをまづ変へるがよい。
　涙と悲嘆の地に吾らを運ばぬやう、気をつけよ。

五三　数学者に寄す

彼は、大地も深い海も測量したたし、
　朝焼け、夕焼けがだう起こるかも知つてゐる。

風を読めるし、人に予報を教へもする。
だが自分の家に淫婦がゐても、それは見えない。

五四　或る神父のこと

晩方、一人の神父を食事に招いたが、
夜になつて彼のために猿が連れて来られた。
それでひとしきり、愉しい宴が続き、
終《つひ》には神父、ミサも昼食も放り出したとか。

「猿」は売春婦のこと。神父が売春婦と一晩（「愉しい宴」）過ごした挙句、翌日のミサも放棄し、昼食も食べなかったというこのフラシュカは、一五八四年の初版にしかなく、以後すべての版で、出版人ヤヌショフスキの判断で掲載されなかった。

五六　不遜な男に寄す

宴席で、勝利だの合戦だの、自慢話の
　過ぎる男を持ち上げるのはもう願ひ下げだ。
私には、それより、歌が歌へて、
　お嬢さんたちと踊るに役立つ男の方がいい。

五七　酔つ払ひたちに代はつて

大地は雨を吸ひ、樹々は地を吸ふ。
　河は海を、海はすべての星を養ふ。
人々は吾らが少々酒を飲んだと言つて驚くが、
　吾らにどんな咎があるのか、私には判らない。

五八　或る高僧のこと

ある高僧に対して人々がだう敬意を表したか、
　これもまたフラシュカ集に収めるべきものだ。
うら若い女性たちも、また殿方たちも、
　少なからぬ人数が共に一つの食卓についてゐた。
人々の愉快な気分を台無しにすることなど
　決してなかつた、くだんの人もそこにゐた。
その隣りには修道士、反対側の隣りには
　やや年輩の婦人。受難の次第はかうだ——
まづ最初に未婚女性と接吻の挨拶が交わされ、
　順番に同様の挨拶を隣席の客にするやう促された。
それが一度ならず何度も繰り返されるので、
　中年女性に接吻されては、これを修道士に
伝へねばならぬ高僧は気まづいばかりで、
　一向に楽しくない仕儀となつたのだつた。
此の世に居ながら真《まこと》の煉獄を味はつた高僧——

それを望まぬお前たちこそそれを味はふがいい。

煉獄の存在は、プロテスタントが否定したものだった。最終行は、そう明示はされていないものの、高僧の台詞と取り、倍角ダッシュを挿入した。

六〇　測量師に寄す

それほど測量術に熟達した諸君だ、
一哩《マイル》の間に車輪が何度回転するか知つてゐやう。
ではマグダレーナが、生ける天幕の下、事が一度済むまでに、
何度その魂を棄てることか、言ひ当ててみよ。

六二　ハンナのこと

ここには樹々で覆はれた山があり、

その麓には緑の原がある。
ここには旅人に涼をもたらす、
　透き通る水の泉がある。
ここには西風が吹き来たり、
　小夜啼鳥が心地よく歌うたふ。
だがすべては無意味だ、
　ハンナが不在である限り。

六六　殿方に寄す

今どきの士族の諸君にはうんざりさせられる。
　わが身は省みずに、宮廷人を批判する。
昔は、正真正銘の格闘家、剣士、騎士が、
　思ひ出すのも快いほど大勢ゐたものだ。
それが今日《こんにち》、若造どもに何の心得があるだらう？
己の体を樽にして、ひたすらワインを流し込むだけだ。

従者たちも今ではすつかり様変はりしたのは確かだが、
古老たちが吾らに語り聞かせたやうな
殿たちもまた、探しても容易には見つからぬ。
彼らは男気を誇り、武勇を好んだが、今日彼らが
好むのは、胡椒の袋を担いだ、どこにでもゐるユダヤ人。
楯を持つて戦ふことなど滅多にないのも不思議ではない。

七一　イェンジェイ・ジェリスワフスキの墓碑銘

自宅で晩方、不埒な輩の手にかかり、
罪もないジェリスワフスキが
殺された。この墓に真心こもる言葉を
手向けやうと思ふ者は、酔漢どもを呪へ。

七九　スペイン人博士のこと

「善良なる吾らが博士、吾らをおいて御就寝か、
　吾らとともに晩飯を待つのもお嫌とは」

「構ふことない、蒲団の中を襲ふまでのこと、
　ともかく吾らだけでも楽しまう」

「晩飯も済んだ。スペイン人の処へ行かう！」

　「うむ、無論行かう、しかし酒壺なしでは始まらん」

「入れてくれ、博士、愛すべき同志よ！」

　博士は入れぬが、扉は入れた。

「一杯くらゐ構はん筈だ、健康を祝して乾杯！」

　「一杯だけなら」――博士は応じる。

かくて、一杯は九杯に及び、
　博士の頭も、脳味噌にごり、

「何とも（曰く）始末に負へぬ御仁たちだ。

　私としたことが素面で寝に就き、酔つ払つて起きるとは」

八〇　ポーランドの士族

近頃ある高貴なお方が仰るには――
「ポーランドの士族は居酒屋に住んでゐるも同然」
人が訪ねて来れば、誰とでも飲まねばならず、
妻は可哀想にも布団を剥がしながら噎《むせ》ぶ日々。

八二　若さに寄す

若者に騒ぐな浮かれるなと言ふ者は、
恰も春のない一年を望むやうなものだ。

八三　老ひに寄す

可哀想な老ひよ、吾ら皆おまへを求めてゐながら、
　いざおまへがやつて来ると、吾らの誰もが嘆くとは。

九三　子供の墓碑銘

私はつい先頃まで父だつた。今や私をさう呼ぶ者は一人もない。
　子供たちに囲まれた私は、それほど容赦なく滅ぼされた。
死神は私の子すべてを喰らつた。一人は死神を呑み込んだ。
　ちつぽけな鉤《かぎ》のホックを呑み込んだきり、自分の最期を迎えたのだ。

九四　パヴェウに

いいものだ、パヴェウよ（信じていい）、学校も。

　後ろの車輪をしつかり見るやう教へてくれる。
人間、思ひ通りに事が運んでゐるうちは、
　自分が地面の上を歩いてゐないと錯覚してゐる。
だがこの世のはかない快楽など、
　大鎌のあとの夏の花の如く失なはれるもの。

九七　とある婦人に

私が好んで口にする貴女の名は、
　ご覧のやうに、私の詩に幾度も現れる。
私の予感が正しければ、誰にもまして
貴女の名は人々によつて読まれるだらう。

たとへ高価な大理石で貴女の像を立てても、
　純金を使つて貴女を鋳させたとしても、
（貴女の美貌と人徳はそれに値する）

それでも猶、私は貴女に不変の誉れは持たせられない。

マウソロスの霊廟とて、エジプトの城郭とて、
最終的な死をまぬかれることはできない。

あるひは炎により、あるひは俄かの出水《しゅっすい》により、
あるひは嫉妬深い歳月により、それは征服される。

才能から出た言葉のみが、独り永遠に立ちつづける、
それのみが暴力を知らず、それのみが歳月を怖れぬ。

自分の文学についてのコハノフスキの自負が、迫力をともなって、しかし嫌味もなく表現されたソネット。各行は五音節＋六音節の十一音節で、abba cddc ef ef gg という脚韻。

九九　或る者に

炊事場から犬を追ひ立てる者よ、逆だ、むしろおまへこそ
　出てゆくがいい、そこの厨女《くりやめ》たちに何をしやうといふ魂胆だ。

一〇一　人生について

永遠の時よりもさらに遠くにある永遠の思念よ、
　もし時として人を動かすものがあなたをも動かすならば、
そちらの天上から眺める、この世の様々な出来事は、
　正に謝肉祭そのものだらうと私は想像する。
あなたが何を放り投げても、吾らは子供のやうに、
　それをてんでに奪ひ合ひ、屑まで持ち去らうと大騒ぎ。
袖を引きちぎられる者がゐれば、帽子を失なふ者も出る。
　そのお遊びを、わが毛髪で贖はねばならぬ者もゐる。
その挙句、不幸あるひは死神がひよつこり現れて、

厭々ながらもさつさと玩具を手放さねばならぬ者もゐる。
主よ、叶ふことなら、私もその快楽をあなたと共に味はひたい、
他の者は取つ組み合つてゐればいい、私はそれを面白がつてゐたい。

ここで「主」つまり神と同一視され、擬人化もされている「Wieczna Myśl」を「永遠の思念」としてみたが、それでいいのか。本当に途方に暮れる。人間は神のマリオネットであるという考えは、このフラシュキ第一集のほぼ巻頭、三番目の「人生について」という同題のフラシュカでも示されていて、いわばこの世界観で巻全体がくるまれていることになるが、人間界の謝肉祭を神とともに永遠の距離から見物させてほしいという、最終二行は不遜となじられても仕方ないが、興味深い。

ヤン・コハノフスキのフラシュキ　第二集　Fraszek Jana Kochanowskiego Księgi Wtóre

二　ヤドヴィガに

私に心を返せ、ヤドヴィガ、後生だから返してくれ、
　私に対してそんなに無慈悲な態度はとらないでくれ。
実のところ、肉体のない心だけがあつても、
　貴女には何の得もないと、私は見てゐる。
私はと言へば、自分のましな部分、つまり魂を
　失はねばならぬとすれば、生きてゐるのは難しい。
だからいいやうにしてくれ——或ひは私の心を返すか、
　或ひは、代はりに自分の心を寄越すか。

五　ソビェフの墓碑銘

君を生前知つてゐた者は誰もが、
　君には莫大な金があると考へてゐた。
だが君自身の要求を見て、私は思ひ知らされた。
　君が金を所有してゐたのではなく、金が君を所有してゐたのだつた。

六　科の木に寄す

お客人、私の葉の下に坐つて、だうぞお休みを。
　うけあひます、ここなら太陽も貴方に届きませぬ。
たとへ最も昇りつめ、その真つ直ぐな光線が、
　散りぢりの翳《かげ》を木々の下に引き寄せやうとも。
ここにはいつでも涼しい風が原から吹き渡り、

ここでは小夜啼鳥、椋鳥《むくどり》たちが、愛らしく託《かこ》ちあひ、
かぐはしい私の花からは、働き者の蜜蜂たちが、
やがて主人の食卓を飾る蜜を集めて運ぶでせう。
そしてこの私には、静かな囁き声で、速やかで
甘い睡りを、みごと人にもたらす術があるのです。
確かに林檎の実こそつけませぬが、私こそ、
ヘスペリデスの園で最も実りある樹と主人は言ふのです。

七　花冠に寄せて

ヘンルーダのこの花冠は、美しいグレタが、
男前のクリメクに被せて飾らうと編んだもの。
花冠と同じく、彼女の恋も青々と繁り、
花冠は萎れても、恋に変はりはないだらう。

クリメク（Klimek）は、男性の洗礼名クレメンス（Klemens）の愛称。

二一　奉納

その網を、ミコワイは聖人達に捧げると言ふ。
　歳をとり、日々体力の衰へを感じるからだ。
魚たち、これからは水中でのびのび遊ぶがいい。
　ミコワイは死に、網は教会堂にぶら下がるゆゑ。

コハノフスキのフラシュカには『ギリシア詞華集』にヒントを得ているものが非常に多く、もし各詩篇について材源を詳らかに紹介していたら、膨大な字数が必要になり、何の本を書いているのかわからなくなる。そもそも私にはそれをする能力もないのだが、このフラシュカを例にとって少しだけ見ておきたい。

『ギリシア詞華集』第六巻は奉献詩三五八篇を集めたものだが、漁師が漁具をヘルメスやポセイドンといった特定の神、あるいは漠然と神々に奉納する詩だけでも十数篇ある。中でもこのフラシュカに一番近い内容と形式を持つのが、エジプトの総督ユリアノス作という次の詩である（二十六番）

キニュラスがこの網をニンフたちに捧げます、
年老いてそれを投じる労に耐えなくなりましたので。
魚たちよ、嬉々として生きるがいい、
キニュラスの老年が、海に自由を与えたのだから。

沓掛良彦訳『ギリシア詞華集1』（京都大学学術出版会刊）三三六～三三七頁

コハノフスキは「聖人たちに奉納する」と「教会堂」という言葉によってギリシア神話の世界からカトリックの世界に舞台を移しているのだが、実はフラシュカの最終行が私にはあまり納得できていない。「死に」としたが、原文で使われている動詞は、動物について使うか、さもなければ人間に対して「くたばる」という悪いニュアンスで使うかに限られるもので、通常の動詞ではない。なぜそれが使われているのかがわからない。

二三　亭主に

御主人よ、御宅に伺ふことができてまことに嬉しい、
しかしこれほど沢山飲むには、私に力がなさすぎる。
それに、貴男が私に、盃を満たすやう命ずる時は、

「君には長居をして欲しくない」と言はれてゐる気がする。

二五　或る説教師のこと

ある説教師に人が尋ねた――「尊師、なぜ貴男は、みづからが人に教へる通りの生活をなさらぬのか？」(説教師の家には飯炊き女がゐた)。すると師の曰く、「ご主人、説教に驚いてはいかん。説教で私が貰ふのは五百だ。もしも教会で教へる通りに行ひを律するとしても、はつきり言つて、千も貰ふわけにはゆかんな」と。

二六　ピョートル・クウォチョフスキに

君をもう一度、ピョートルよ、イタリアに連れてゆく気はない。独りで行けるだらうし、私も今は身のふり方を考へるべき時。

僧服を着るべきか、それともサヤンをまとつた方がいいのか、
住むべきは宮廷のそばか、それとも自分の農園か？
君はまだ若いし、さうしたことを決めるにも充分間に合ふ、
時間があるうちは、美しい自由と世界を楽しむがいい。
億劫な歳月がやつて来ぬうちに、渺茫《べうばう》たるドナウを、
ぎざぎざのアルプスを見物するに何の障りがあらう。
あるひは海の中、名高い町の聳えるところ、
あるひは古い建物の下、波速いティベリスの流れるところを。
パルテノパにまで到達すれば、往古アイネイアスが
金の枝をさがした森を目にすることもできやう。
彼の地には地獄もあれば、そこから巫女シビュラが
答を返した大きな巌《いはほ》もあるだらう。
時宜を見て出発したまへ、私は君が無事で帰るのを待つ、
そしてわがイェンジェイに伝言を頼む、
彼の姿を見ぬうちは、寂しくてしやうがない、
だから、私のことを思つてくれるなら、急いでくれと。

欧州についてのコハノフスキのイメージや知識、そして宮仕えか田舎暮らしかのディレンマを探るに好都合な詩で、一五五九年前半に書かれた。神話の話より、「ぎざぎざのアルプス（Alpy krzywe）」に実感がこもっている。「曲がった」「歪んだ」「邪な」という意味のある形容詞「krzyw」は、ルソーやロマン主義者が山岳美を発見する以前のアルプスの形容にはぴったりだと思う。ピョートル・クウォチョフスキ（Piotr Kłoczowski / c. 1541 ~ 80）はヴィッテンベルク、パドヴァで学んだ官僚、政治家で、一八五六年もしくは翌年にコハノフスキとともにイタリアを旅した。サヤン（sajan）はイタリア語の saione から来ているとされる服装の名称で、騎士や宮廷人などが着た。「海の中、名高い町の聳えるところ」はヴェネツィア。終わり近くに現れるイェンジェイについては、第二集の五三番フラシュカで触れる。

三七　睡《ヒュプノス》りに

死ぬとはだういふことかを人間に教へ、
　来たるべき永遠の味を知らせてくれる、睡りよ、
この死すべき肉体をしばらく睡らせよ、
　さうすれば魂が少しは自由にぶらぶらできやう。

明るい日が海から昇るところも好い、
　暮れ方、夕映へが消えるところも好い、
あるひは雪と氷の君臨するところで、
　あるひは暑さによつて水の干上がつたところでも。
天空では星々を眺めて感歎することも、それらの
　てんでに違ふ軌道を間近で観察することも許されやう。
それら軌道の輪が、互ひにすれ違ひながら、
　得も言はれず耳に快い音を奏でるさまも。
かはいさうな魂はさうして心ゆくまで愉しめばいい、
　その間、休息を欲する肉体は、辛《つら》さを感じぬやうに、
そして、いつたい生きてゐないとはだういふことか、
　前もつて身に覚えこませるといいのだ。

三八　ギリシア語から

たとへ海の暴風がすべて残らず襲ひかからうと、

たとへドイツの全軍勢がライン河に集結しやうとも、
勇猛果敢な皇帝が軍を率ゐるかぎり、
ローマの力を損なふことなどできぬだらう。
楢の樹がその根をしつかと張り、風が吹き
飛ばすのは、枯れて脆い葉のみであるやうに。

四〇　ヴォイテクに

それは無論、わがヴォイテクよ、その女性と一つになるべきだ、
彼女が大声あげて君を追ふ必要も、君が彼女を追ふ必要もない。
彼女の心に何一つ残したくないといふ君の気持ちは殊勝だが、
行動によつてすぐにも縒《よ》りを戻したいと君は考えてゐるじゃないか。
なるべく早く行きたまへ、じきに日は暮れるから。その仲直り、
諸般の事情から私が判断するに、明け方までかかるに違ひない。

四二　或る老人のこと

老人は陰茎勃起症《プリアピズム》を患ひ、絶えざる苦悩のうちにあつた。だがその病気は、若い妻にとつては好都合だつた。それがといふのも、夫はしばしば天然の浴槽に浸かるので、本人以上にハンナにとつて救ひになつてゐたからだつた。やがて腕利きの医者たちが彼の病気を治してしまふと、妻は可哀想に涙を流した――「ああ私は何と哀れな人間！貴男が、夫よ、患つてゐた間、私は元気でゐられた、でも貴男が健康体にもどれば、私は病気になります」と。

「プリアピズム」は持続勃起症のことで、れっきとした病名としてWHOの「疾病及び関連保健問題の国際統計分類」の現行版 ICD-10では N48.3と分類されている。原文の「priapismum」も同じラテン語由来の語。他方で「浴槽」と訳した「wanna《ヴァンナ》」はごく普通のポーランド語だが、女陰の言い換えだとされる。そしてここではハンナとヴァンナが韻を踏んでいる。『十六世紀ポーランド語大辞典』ではまだWの項目が刊行されていないので確認はできないが、この比喩がどの程度一般的だったのか、コハノフスキ独自のものだったか、わからない。

四四　フラシュカどもに

フラシュカどもよ、お前たちを人は猥褻と見做してゐて、
だうやら、それ故お前たちを去勢するらしいのだ。
私はお前たちをかう諭さう――下卑た物言ひはやめるのだ、
さもないと、そのうちお前たちも騸馬《せんば》どもと一緒に草食《くさは》むことになる。
そして口を利く時は、わが下男ミコワイェツを手本にしろ――
「何を運んでゐるんだい？」――「へい奥様、憚りながら、金玉で」。

四六　アナクレオンに

アナクレオン、御老体いかさま師、
貴方の悪者ぶりはきりがない。

何でも飲み、何でも愛し、
　おまけに私まで堕落させて。
私の絃はもう貴方を知つてゐて、
　宴会では必ず歌ふことになつてゐる。
貴方抜きで、愉快な気分はあり得ない。
　天国の沙汰は聞いてゐやう、
笑ふがいい、古き貴方の名は、
　今では知らぬ者のない名前。

四九　医者に

先生、貴男がいつ逢瀬を楽しんでゐるか、
　それを知るのに大した手間はかからない。
なぜなら、先生と夜遊びする女は誰でも、
　次の日、麝香《じやかう》の匂ひ芬々だからだ。

五二　ラザロの書について

いつたいあの異端者どもは何を考へ出したのか？
（ルター派信徒を哲学者は異端者と呼ぶ）
かの聖者ラザロは、生き返つた際に
書物を書き、自分が地下で息を潜めてゐたあひだ、
その世界で見たこと、聞いたことは何であらうと
その書物に書き記したのだつた。
しかしその書物は誰にも、他人は無論のこと、
身内の者にも見せやうとしなかつた。
やがて終に死期が迫つた時に、
ある哲学者を呼びにやり、そしてその者に
くだんの書物を指し示したが、それは紐で
縛つてあり、なおかつ封印されてゐた。
ラザロは哲学者に向かつて言つた――「私は死期が
近いことを感じる。そこで貴方にこの書を贈るのだが、

この中には私が地下で息を潜めてゐた間、かの世界で見たこと、聞いたことをすべて収めてある。

しかしこの書物は、御自身が死に臨むまで、開かぬやう、貴方に願ひたいのだ。

ここには生きた人間が必要とすることは何一つなく、語られてゐるのは、天国に関わることばかりだからだ。

といふわけで、それまでは別のことを探求するがいい、そして私の書はいまわの際に読めばいい。

読み終へたら、やはり修業を積んだ別の哲学者に渡してほしい。

そのやうにして順繰りに伝へてゆき、臨終の際にのみ、読むやうに」。

かくして、呼び出された吾らが哲学者は、すべて約束通りにすると誓つた。

やがてラザロは息絶えた。哲学者は書を持ち帰つた。

誓約がなかつたら、とつくの昔に中を覗いただらう。

長い間その哲学者は好奇心の煮詰まる思ひでゐたが、

やがて到頭、堪《こら》へ切れずに机上の書物を開いてみた。

そして頁を繰り始めたのだが、何とどれも白紙だつた――

「これはまた――曰く――底の浅い学説だ」。

そして哲学者は、その書物を読んだことにして、
次の哲学者たちに伝へていつた。

五三　イェンジェイに

だうしたらいい、イェンジェイよ？（君の耳にならば、
僕が心を痛めるあらゆることを、安心して伝へられるのだ）
あの女性に尽くさうとして、僕がしてきたことは無意味だつたと、
もう君にも判つてゐるのではないだらうか。僕の献身は長きに亙り、
揺るがず、誠実なものだつた。もし彼女が真実を語つてくれたら、
僕の献身には、恥ずべきことより名誉となるべきことこそ見出せたに違ひない。
僕が彼女にどんな贈り物をしたことか？　どんな詩を作つてやつたことか？
今となつては恥ずかしい。なぜなら実際よりも嵩上げをしてゐたからだ。

僕はよく彼女の顔の艶を朝焼けの紅《べに》になぞらへたが、
彼女が顔に塗つてゐたのは、露店で買つた頬紅だつた。
決して褒められたものではなかつた彼女の身持ちを僕は褒めたが、
僕のその詐《いつは》りを、今度は彼女が噓で返さうとする。
といふわけで、生れてまだ間もない怒りが僕の心を領してゐるうちに、
みづからの傷と侮蔑を人が感じてゐるあひだに、君にできることなら、
僕を救つてくれ、この囚はれの身から解き放つてくれ！
報はれない愛によつて如何に心が痛むことか、果して君にわかるだらうか。

このフラシュカを贈られた（?）相手は、コハノフスキの最も近しい親友アンジェイ・パトリツィ・ニデツキ（Andrzej Patrycy Nidecki /1522～87）だとされる。一五五三年、パドヴァに遊学した際、当時留学中だったコハノフスキと親しくなった。一五五九年にはパドヴァ大学でローマ法・教会法両方の博士となった。教会や宮廷関係の仕事も多くしたが、キケロの研究で欧州全域に名を知られた優れた古典学者であり、文人だった。なお「イェンジェイ（Jędrzej）」はアンジェイの異形。

五六　パヴェウ・フミェロフスキの墓碑銘

北の海の風どもが示し合はせて私を狙ひ、
　無辜《むこ》の私から命を奪つた。
風どもが終に遂げた目的は、すなはち
　白帆を引き裂き、船を木つ端微塵に打ち砕き、
板に乗る私を無人の岸辺に打ち上げることだつた。
　その場所に出口はなく、私はそこにとり残された。
深い海を渡り、彼《か》の方《かた》へ近づく者よ、
　心得よ、フミェロフスキの災難を語る術を。

五八　ギリシア語から

自分の息子が、兇暴な龍に銜《くは》へられ、半身だけ
　出てゐるのを見たアルコンは、怯えながらも弓を引き、
的は外さなかつた。矢は獣のまさしく喉に、

と同時に子供自身のすぐそばに刺さつたのである。
思つた通りに事が運んだので、アルコンはその弓を
幸運と確かな眼の徴《しるし》として、楢の樹に吊り下げた。

五九　マルチンに

吾々より良い耳を持つ哲学者たちは、
驚くべき魅惑的な天上の音楽について語る。
凡人の私も彼らに完全な信を置いてはゐる、
だがマルチンよ、君の音楽以上のものは私は要らぬ。

このエピグラムを献じられた相手は、イェンジェユフのマルチン、ラテン語式にはマルチン・アンドレオポリタ（Marcin z Jędrzejowa / Marcin Andreopolita）と呼ばれた音楽家だろうと考えられている。十六世紀中葉、クラクフ市内で最も重要なマリアツキ教会や王宮のオルガン奏者として活躍した。

六三　ベクファルクについて

もしもリュートが喋れたら、
　声に出して吾らにかう言ふか――
「他の者は皆バグパイプをお弾き、
　私をベクファルクの許に残し」

ベクファルクとはリュートの名手として名高かったハンガリー人作曲家の姓で、コハノフスキは Bekwark と綴っているが、ポーランドの他の文献には Bakfark / Bachfarrt / Backvart / Bakfark などの表記もある。ハンガリー語のウィキペディアでは Bakfark Bálintt（1506?～76）とあるが、ファーストネームのバーリントは他の国ではヴァレンティヌスのような対応するラテン語形の名が用いられる（ポーランドでは Walenty）。ハンガリー、イタリア、フランスの各宮廷で仕事をした後、一五四九年から六六年まで、ポーランドのズィグムント二世アウグスト王に召し抱えられた。しかしやがて、初代プロイセン公アルブレヒトに情報を提供したスパイであると告発されて王の庇護を失い、以後はポズナン、ウィーン、モンテネグロ、ヴェネツィアと各地に住んだ。自作を含め、当時の声楽曲、舞踊曲をリュート用に記譜した彼のタブラチュアは非常に高く評価されている。バグパイプと訳したポーランド語は「dudy（ドゥーディ）」で、楽器の地位はリュートより低かった。なおリュートの原語「lutnia」は女性名詞。

六四　ヴェンダに

花々で身を飾らうとする牧を眺めるのは愉しい。
溢れる水を流さうとする泉を眺めるのは愉しい。
夏のクリームは好ましいが、冬、ハムが
風で、或ひは濃い煙の中で乾きゆくのも好い。
木蔦《きづた》を編んだ花冠も好いが、何にもまして素敵なのは、
君が森で、ヴェンダよ、ハンカを忘れて吹くパンの笛だ。

ヴェンダは姓で、ここはハンカという女性のことを忘れて無心でパンフルートを吹き奏でる男性を指す虚構だろう。「パンの笛」と訳したが、原語はムルタンキ（multanki）という一語であり、もともとムンテニア（現ルーマニアの一部）のワラキア人たちによってポーランド

にもたらされてルネッサンス期に定着した言葉。パンの笛というと葦で作ったという神話の笛を思い浮かべるが、現代のものはセイヨウカジカエデなどの楓類、あるいはスモモ、ナシ、ミザクラなどの果樹から作るという。

六五　アレクサンデル達について

アレクサンデル、名高いトロイアを滅ぼせり。
アレクサンデル、ペルシア人から国家を奪へり。
アレクサンデル、学生達の頭痛の種蒔き。
アレクサンデル、ポーランド人らの不和の種蒔き。

各国語ではそれぞれ異なるが、ポーランド語で言えば全員「Aleksander」となる歴史上の人物を四人並べた寸鉄詩。一人目はトロイアの王子で「パリスの審判」で知られるパリスで、アレクサンドロスという名の方がパリスより古いらしい。二人目はマケドニアのいわゆるアレクサンドロス大王。三人目はノルマンディーに生れてパリ大学で学んだフランシスコ会士の数学者、アレクサンデル・デ・ヴィッラ・デイ（羅 Alexander de Villa Dei / 1175?～1240）

のことで、フランス人と考えればアレクサンドル・ド・ヴィルデュー（Alexandre de Villedieu）。彼が一二〇九年頃に著したラテン語の文法書 *Doctrinale puerorum* は全欧でベストセラーに、かつ十六世紀にいたるまで版を重ねたロングセラーとなり、コハノフスキの時代にもまだ教科書として使われていた。彼の著作は悉く韻文だという。最後はリトアニア大公（在位一四九二〜一五〇六）とポーランド王（在位一五〇一〜一五〇六）になった、アレクサンデル・ヤギエロンチク（Aleksander Jagiellończyk / 1401 ~ 1506）で、現代の目からするとリトアニア人と呼ぶべき人物。クラクフに生れたものの母語がリトアニア語で、習得した第二言語がポーランド語だった。リトアニア語を操る最後のリトアニア大公だったと言われ、愛する都ヴィリニュスで亡くなった。コハノフスキの原文を直訳に近く訳せば「ポーランド人達を仲違いさせた」のだが、この仲違いはリトアニアとポーランドというような民族意識の問題であるより、士族と大貴族と王権といった範疇の反目、競争だったとしている評家が多い。

六六　ハンナに

指にはダイヤモンド、心には硬い石を持つ、ハンナよ、
貴女は私に指輪を呉れるといふが、そろそろ心も変へよ。

七〇　飲み過ぎた婆さんの墓碑銘

「誰の墓だい？」――「だうやらたつぷり飲んだやうだ」――「誰の墓塚だ？」

「とにかく早くしてくれ、あたしならかうしてゐる間《ま》に二杯飲み干しとる」

「あんたには話が通じさうもない」――「もつとたくさん注《つ》いどくれ！」

「恐ろしい婆さんだ、俺はあんたとは飲まん！」――「そりや猶さら悪い！」

「あんたの名前が知りたいね」――「知つてだうする、陸《ろく》なことはなからう。

あつちの墓には誰が、こつちの墓には誰が、そんなことを知つてもな」

「だからこそ達者でをれ！」――「麥酒がなくてだうやつて？」

「慣れることだな！」――「生前、あたしは素面だつたことがないのにか」

七五　医師アドリアンの墓碑銘

死神よ、笑ひ事ではない、吾々から医者をも奪ふのか！

となれば病人は、いつたいどんな希望に縋《すが》れといふのか？
やすらかに眠れ、アドリアンよ、薬草は役に立たぬ、
死ぬ支度ができた者は、舟に乗り込むまでなのだ。

七六　自分の詩たちに

鏡のやうに、私の狂気を露はに映す、
愚かな詩ども、浅はかな詩どもよ、
どれもこれも炎に身を投ずるがいい、
そして、長く恥ぢねばならぬ
私の醜い行ひを圧し殺してくれ。
ただ、心からの悲しみはここから動かせぬ。
辛いことではあるが、それは永遠に残るべく
ダイヤモンドに刻まれてしまつたのだ。
悲しみの因《もと》については、後生だから、尋ねるな、
私の傷をまた新たにすることもよしてくれ。

人々の非情忘恩が私をうちのめした。
忘恩はさつさとその報ひを受けるがいいのだ。

こういうところもあったのかと驚かされるほど、全体に激越な調子だが、特に最後の一行は抽象的なだけにとまどいを覚える。

七九　女神に

愛を分配する女神よ、みづからの
考へにしたがつて、人間の心を悲しませ、
また喜ばせもする女神よ、もし貴女もまた、
純粋な愛において薄情を好まぬのなら、
少しは私を楽にして欲しい。悲しみのあまり、
健康でゐられず、理性は後回しにせざるを得ぬ、
神意にも人心《ひとごころ》にも適はぬ、こんな奴隷の
境遇から、私を解き放つてくれたまへ。

しかし私をもはや最初の自由には戻さないで欲しい、
恋なくして生きてゐられるかだうか、わからないから。
ただし、私に命令するのは別の主人であつて欲しい、
人に優しくすることを知らぬあの女性以外であつて欲しい。
そして私は、この重い桎梏をかなぐり棄てた時、
貴女の慈悲と自分の解放を記念して、
貴女の教会の中に黄金の棕櫚の樹を立てやう、
そこには、よく見える所に、かう記されやう――
「おお、力あるヴェヌスよ、薄情な主人から逃れんとする者に
力を貸してくれた、貴女にわたしは奉納されたもの」。

八〇　アンジェイ・チェチェスキに

かたじけない、イェンジェイよ、今日私を酔はせてくれてよかつた。
私の裡にある不必要な愁へを、君は鎮めてくれた。
さうした愁へは私の心を齧るやうに苛んでゐたが、それは

人の常軌を逸した忘恩が人を窒息させる時、当然のことだつた。
この快楽が私と共にあるのもさう長くはないと、私もよくわかつてゐる。
一瞬後には、素面の思考が、そのすべてを消し去るのだから。
だが、心痛から自由になつた今宵の一夜よ、やうこそ私の許へ！
酒の中に、これほど多くが潜んでゐるとは、誰が知り得たらうか？

詩人であり、古典や聖書の学者であり、著作がポーランド初の禁書目録に載るほどの宗教改革の闘士でもあったアンジェイ・チェチェスキ（Andrzej Trzecieski / 1529?〜84）は、ポーランド文学古典叢書第9巻『ミコワイ・レイ氏の鏡と動物園』（未知谷刊）の中で、レイの伝記を書いた人物として紹介したとおり、ミコワイ・レイとの仲はひとかたならぬものだったが、一五五六年頃出会ったと推測されるコハノフスキとも、このフラシュカからも察せられるように、親しかった。ヴィッテンベルク（一五四四年）とライプツィヒ（一五五六年?）の各大学で学んだチェチェスキは、ヘブライ語もギリシア語にも堪能で、一五六三年、ラヂヴィウ黒公の出資で、ブジェシチ（現ベラルーシのブレスト）で出版された、名高いカルヴァン派の全訳『聖書』（前出。五頁参照）翻訳チームの一員でもあった。チェチェスキはラテン語でもポーランド語でも少なからぬテクストを発表しているが、私個人としては、カルヴァン派の聖歌集に収録された讃美歌の作詞者としてのチェチェスキに興味がある。一方で彼はズィグムント二世アウグスト、アンリ・ド・ヴァロワ、ステファン・バトーリと、三代にわたるポーランド国王の廷臣としても仕事をした。

八三　ブイディヴィシュケスの蜜蜂たちに寄す。ヴィルノ県知事閣下に

見よ、多産な蜜蜂たちの前代未聞の大群が、
　やんごとなき閣下の館の壁を蜜で覆った様を。
神から先見の明を与へられた貴方の家には、
　富と永代の子孫とが約束された、これはその吉兆。

ブイディヴィシュケス（リトアニア語 Buivydiškės）は現在のリトアニア共和国の首都ヴィリニュス市に属する村で、市の中心から北西に一〇キロ足らずの場所にある。ここではリトアニア語に近い表記をしたが、原文のポーランド語はブヂヴィスキ（Budziwiski）の形容詞形。注目されるのは、このフラシュカから連続する四篇（八三、八四、八五、八六）が献呈された人物、ミコワイ・ラヂヴィウ黒公が、絶大な権力と財力、そして政治的影響力を持つと同時に、強力なプロテスタント擁護者であり、カルヴァン派の勢力を大きく拡大した事実である。

このフラシュカで「吉兆」とされた事件は、ミツバチの分封《ぶんぽう》に伴う現象として、実際に起こったことではないかと私は考えている。「壁」も家の内部のことで、窓から入ってきた大量の蜜蜂がしばらく壁面に群がったのだろう。と同時に、ラヂヴィウの館に群れをなして集合した蜜蜂とは、この政治家が宗教改革を擁護する姿勢と、それを実践するさまざまなメセナ活動に共鳴して集まった、当時の知識人たちを指す比喩であるというのが大方の解釈である。コハノフスキは、ラテン語によるフラシュカと呼ぶべきエピグラム集『*Forcoenia*』でもラヂヴィウ黒公に二篇を献じていて、「古い巣を棄て、夥しい蜜蜂の新しい群れが／貴方の屋根の下に、軍の陣営を構へた〔……〕その蜜蜂には生れついての知性が備はるとされるのも尤もで／何処で貢献して敬意を払ふか弁へている」（四四番）、「従つて、惜しみなく蜜を与へるこの虫が、吾らと一つ屋根の下に住むことに何の不思議もない」（四五番）と、そうした書生や食客、第二集八〇番のフラシュカにも登場したチェチェスキのような気鋭の学者たちが共同生活をしていた様子をより具体的に描いている。コハノフスキがブイディヴィシュケスの館に逗留した時期は、一五六三年の六月から十月の間だろうと考えられている。

八四　客に

野禽であれ、野兎であれ、この森で探されるのであれば、
　客人よ、私の助言を容れて、しばし館に立ち寄られるがいい。
間違ひなくジビエ有り、地下の酒倉は満杯、
　雨戸を開ければ、蜜蜂が蜜を運んでくれるこの館に。

八五　蜜蜂たちに

教へてくれ、凛々しい蜜蜂たちよ、大した稼ぎにはならぬのに、
　何が諸君をして、巣箱を離れさせ、この室内に追ひ込んだものか？

八六　返答

それは呑兵衛としては、誰にでもおいそれと打ち明けられぬことですが、

貴方にならば耳打ちしやう――「この家の蜜酒を嗅ぎつけてのこと」と。

蜂蜜はポーランド語でミュット（miód）、リトアニア語でミドゥス（midus）と言うが、蜂蜜を水で薄めたものをアルコール発酵させた醸造酒も、同じ単語で言う。英語のミード（mead）も同根だろうが、蜂蜜自体はハニー（honey）と呼ぶように、英語では分化している。そのように「蜂蜜」と「蜂蜜酒」を指す単語が分化していないリトアニアやポーランドでこそ、古代から恐らく欧州でもこの酒を最も日常的に愛飲していたという事実が窺われるようだ。リトアニア大公国、とくにその北部、現在のリトアニア共和国の蜜酒は、十六世紀、すでに欧州中に名産品として知られていたのではないだろうか。「八六　返答」の「蜜酒」はラヂヴィウの豊富な資力をも指していたに違いない。

『広辞苑』には漢語の「蜜酒《みつしゅ》」はあるが「みつざけ」という項目はなかった。あってもいいように思われる。ミコワイ・ラヂヴィウ黒公にまつわるこの辺りの四篇で「蜜」「蜜酒」と訳し分けたものの、原文ではどれも同じ語である。蜜酒の味を説明する際、私は、ヘレス（シェリー）に似ていると言っている。アルコールも十数パーセントで、近い。

八七　医者に

君は名医だと誰もがためらひなく言へる、
　なぜなら君は肉体の患ひを癒やせるばかりか、
愉快な気分になるための多くの秘策も持つてゐるからだ――
　ワイン、リュート、白いスカーフ。それこそわが愉しみ。

「白いスカーフ」と二語で訳したが、原文は一語（podwika）。日本でも衣や手拭いで頭を被ったのと同様、女性が白い布で頭を隠したために、「白のスカーフ」あるいは「白い頭」と言へば、それだけで女性を指す代名詞だった。

九一　アンナに

貴女に正対して坐し、アンナ、
　頻《しき》りに貴女の姿を見つめ、貴女の――
悲しむ私のあらゆる知覚を奪ふ――

朗らかな笑ひ声をその耳で聴く者は
王に等しい、否、言つてよければ、
それは王をも凌駕する者。
なぜなら、僅かでも貴女の方を見やうとした途端、
私は自分の裡に言葉を探りあてられなくなるのだ。
私の舌は黙りこみ、炎が私の中に忍び込み、
両の耳が鳴り、目の前には夜が降《お》り、
汗が噴き出し、総身が戦《をのの》き、私は蒼ざめる、
ただ、貴女の前に死人《しびと》となつて倒れはしない。

九五　ローマについて

幸運にも力にも恵まれたローマには、
それが続いた間、全ての民族が奉仕した。
しかし又、ローマが一たび躓《つまづ》くや、
全世界から憂患が襲ひかかつてきた。

より幸運だつたのは言語で、今でも愛されてゐる。
永続きするのは常に、力ではなく精神の果実なのだ。

九九　ミコワイ・ミェレツキに

私を酔はせたのは君の不覚だな、わが愛すべき郡長殿《スタロスタ》、
恐らく君が知らずにゐたことも、私ははつきり言ふぞ。
どこの県かは知らぬが、君が県知事の子息であり、
それが理由で私が君に頭を下げてゐると、君は思つてゐる。
あるひはまた君の羽振りがよく、君自身も取り巻きたちも、
相当の黄金を身に着けてゐるのを私が見てさうしてゐるのだと。
君の家紋も、小作人の多い荘園も、私にはだうでもいい――
英雄の子らは愧《は》づかしく（とギリシア人は言ふ）。
そもそも善人も悪人も所有するのが金銭といふもので、
他人がそれをだう使つてゐるのか、知りやうもない。
しかし、君の何が私を捉へ、惹きつけるのか、君に判るか？

君は自分が祖先に及ばぬことをみづから愧ぢてゐる、
そして神が君に慈悲深く恵んで下さつたものを慎重に使ひわけ、
君主にも共和国にも、ともに立派に仕へてゐることだ。
貧しい者を君は侮らず、徳の高い者がゐれば、
どんな服を纏つてゐやうが、君は優しく接する。
それが根本だ。大衆が飛びつく、そのほかの事は、
風に吹き飛ばされる煙のやうなものだ。

ミコワイ・ミェレツキ（Mikołaj Mielecki / c. 1540 ~ 85）は対ロシア戦争で名を馳せたポーランド王国の大将軍だが、若い頃は大ブリテン島やスイス、イタリアに遊び、長い期間神聖ローマ皇帝フェルディナント一世にも出仕し、皇帝軍の営む戦役にも参加した。コハノフスキと知り合ったのは早く、一五五五年三月頃、しかもイタリアにおいてであったと思われる。一五五七年に初めてフミェルニク（現ウクライナのフミルニク）の郡長になって以来さまざまな地の郡長や県知事を歴任した。一五六六年にミコワイ・ラヂヴィウ黒公の娘エルジュビェタ（母と同名）と結婚した頃は当然ながらカルヴァン派だったが、晩年はカトリックに改宗した。「英雄の子らは愧づかしく」と成句めかして訳したのは、『オデュッセイア』第二歌にある「父とひとしく勝れたる子らは此世に多からず」（土井晩翠）の箇所を踏まえた表現。

一〇〇　県知事に

昨今は、やんごとなき県知事よ、かなり古い
　習慣に従つて、私がリュートで或ひは歌で
貴方の耳を愉しませる時代ではなくなつてしまつた。
　人はいまや別の物を手にしなければならない。
いま何が起きてゐるか、この眼で見れば、いたる処で
　暴風が起こり、いたる処で雹を孕む暗雲、
そして雷鳴が、人々の恐怖を募らせる。
　農夫は、畠も自分の葡萄畠も神に委ね、
牧夫は、暫しの間、パンの笛を上衣の下にしまひ、
　人気ない林から、家畜の群れを家に戻す。
村では家々を薬草で燻し、人は誰もがわが身を気遣ふ。
　私もまた、人々と同じ不安と恐怖に見舞はれる。
だから、荒れ狂ふ空、恐れ戦く時代を見て、

私の喧《やかま》しい絃が黙つたのも不思議はなからう。
だがだからと言つて、希望をすつかり棄てるのは勿体ない。
なぜなら、すべては自然の歩みに従つて生起するのだから。
たとへ雲が、烈しい雷が、天を領したとしても、その後には
神が、青空と黄金の太陽とを世界に与へて下さるのだから。
願はくは、また良き時の来たらんことを。
禍福があざなへる縄ならば、知性をもつて先回りもできやう。

一〇二　チジュフのスタニスワフ・ザクリカの為の墓碑銘

ここにその骨を埋めたスタニスワフ・ザクリカは、
その祖先のみならず、みづからの才覚によつても
知られた名士。若き日を諸外国で過ごしたのち、
　国王に仕へ、諸侯に仕へ、
生涯の最後は共和国に捧げ、みづからの
　損失は顧みず、常に無償で喜んで仕へた。

すべての根拠であるものから、自分の損失に対する
補償を得やうなどと思ふことが、だうしてあり得やう？
名誉の外に何も望まぬこそ徳。ザクリカはその徳により名高い。
その他の事はすべて煙あるひは霧のやうに消え去らう。

このザクリカは（Stanisław Zaklika Czyżowski / ? ~ 1574）のこと。一五五〇年以降、ポーランド王ズィグムント二世アウグストの廷臣。一五六二年のピョートルクフ議会を皮切りに数次にわたつてセイム（下院）の代義士を務め、セナット（元老院、上院）の議員にもなった。ザクリカ家は代々サンドミェシュ地方に領地があった。カルヴァン派の信者。

一〇三　その妻、ミフフのドロータに

私は貴男に、わが良人よ、貴男の妻として、先立たれたくなかつた。
けれども今はかうして地中に貴男と共に埋葬されてゐます。
まことの愛は決して、決して死にはせず、
たとへ火にくべられても、骨に貼りつく。

子供たちは幸せでゐて。私は私の愛しい良人と一緒であれば、
何処でも幸せでない筈がなく、彼なしでは何処にも行きません。

一〇五　フランチシェクに

ウリッセウスも、若きイアソンも、
彼らについて昔の人はおほいに語つたが、
君ほど多くの地を遍歴したわけではなからう。
ティベリスの河に始まり、フランチシェク、

君は、さまざまな国を歩き回り、
人がおよそ夏を経験したこともなく、
火を燃やすことをやめたこともない地まで、
厳しい寒さや万年氷を経て到達した。

だから、この土地にメデイアとやらが、

そして、人間を豚に変へ得るといふ
キルケが、来なかつたとは信じるな。
メデイアはここでおほいに術を磨き、
自分と同じく名高いキルケ自身を、
やすやすと熊に変へてしまつたのだ。

旅行家で古典学者のフランチシェク・マスウォフスキ（Franciszek Masłowski / 1530～94）に宛てた、ソネット形式の戯《ざ》れ歌。同い年のコハノフスキは、パドヴァ留学時代に彼と出会った。これを読むとどうみてもマスウォフスキが北欧に旅したように取れるが、具体的なことはわからなかった。

一〇六　ワルシャワ橋に寄す

不羈奔放のヴィスワよ、首を振つて抗つても無駄、
岸を襲はうとも、道を塞がうとしても無駄だ。
おまへを抑へ込む名案を、アウグスト王が見つけた。

おまへはおまへのそのお遊びに終止符を打たねばならぬ。
今や誰しもが、櫂も要らず、渡し船も無用にして、
御《ぎよ》し難いおまへの背を、乾いた足で踏んでゆけるのだ。

全体にヴィスワ河を手に負えない暴れ馬に見立てた修辞で統一されている。「乾いた足で」は、難局を無事無傷で切り抜けた時などに使う成句なので、ここは「靴を濡らさず」に掛けた言葉遊びではないか。

ワルシャワの町を流れる大河ヴィスワに、最初の固定的な木造橋が架けられ、開通したのは一五七三年四月五日のことだったが、橋の建設をズィグムント二世アウグスト王が命じ、工事を開始したのは一五六八年であり、王はその竣工を見ずに他界し（一五七二年）、妹のアンナ・ヤギェロンカ（Anna Jagiellonka / 1523 ～ 96）が翌年完成させた。全長約五〇〇メートル、幅六メートルの橋は、当時の欧州でも最長だったらしい。河の左岸にある町の中心側には「橋櫓」あるいは「橋門」

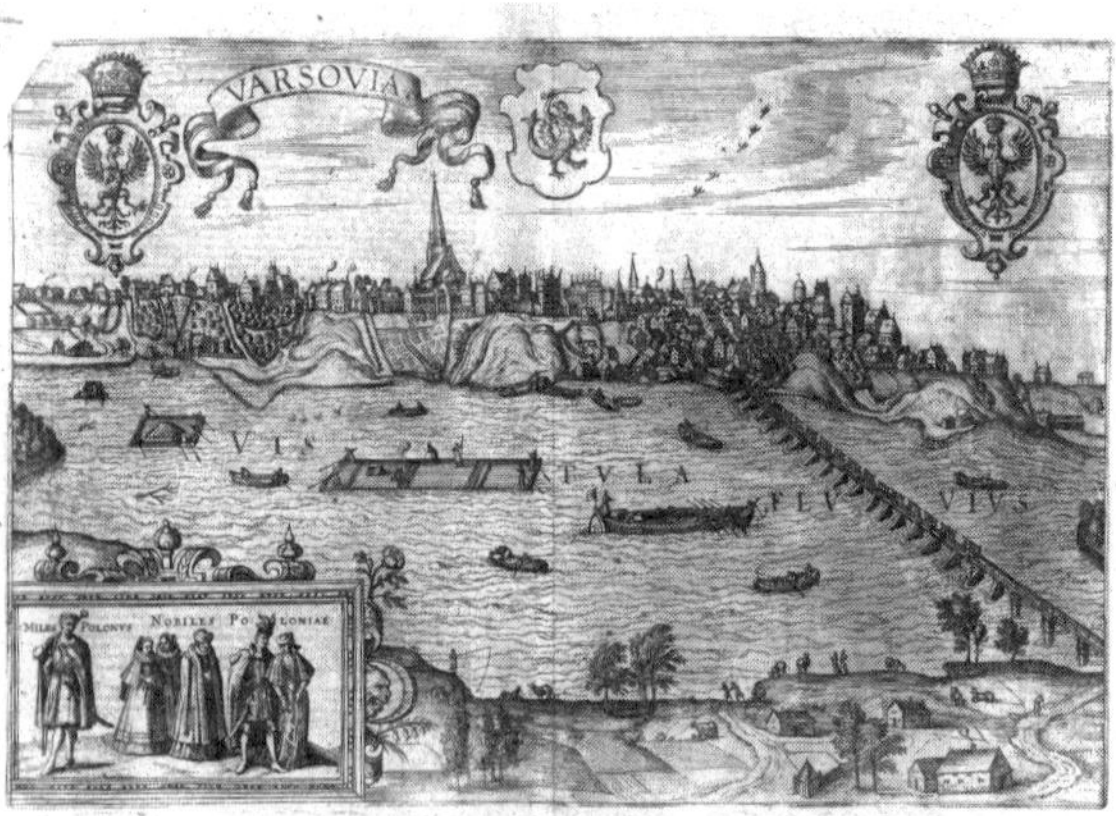

図10　ワルシャワの橋を描いた1617年の版画

と呼ばれる、橋への入口となる建物も作られ（一五八二年）、これは現在もボレシチ通りとリバキ通りの角に立っている。

リトアニアに発するヤギェロン王朝で最後の男系代表者となったズィグムント二世アウグスト王は、ポーランド王国とリトアニア大公国を連合させ、一つの共和国を形成させるという一大事業を、苦労しながらも成し遂げたのが一五六九年のことだった。その際に決められたのが、今後は、共和国の議会下院（セイム）をワルシャワで開催するということだった。この橋は、そうしたリトアニアとの往来も考えた上でのもので、次のフラシュカ一〇七番はこのことに触れている。なお、この橋の竣工はコハノフスキにも強い印象を与えたと見え、ここには収録しない『ヤン・コハノフスキの著作拾遺』（一五九〇年クラクフ刊）にもフラシュカが一篇、ラテン語エピグラム集にも一篇、都合五篇を同じテーマで書いている。

一〇七　同じく

リトアニアとポーランドが、未来永世、共通の
議会《セイム》を開催しやうといふ、この地こそ、その幸福の岸。
もはや如何なる問題も残してはならぬと、

おほいなる尽力でこれを成し遂げた人は、渡し守の
言ふことを常に聞くわけではないヴィスワを、
橋で縛つた。流れは洋々、前途も洋々。

一〇八　同じく

「船に乗る者は乗れ！　暗くなつてからの
渡しは危ない」――渡し守も今ではかう怒鳴りはしない。
私の巾着の中の時計が聞こえるか。それが
鳴つてゐるうちはその主人も飲むのだ。
おまへは寝るがいい、渡し守よ、客の事など構はずに。
只で渡してくれるのでなければ、私は橋を歩いた方がいい。

「巾着の中の時計」はジャラジャラと音を立てる硬貨のこと。

ヤン・コハノフスキのフラシュキ　第三集　Fraszek Jana Kochanowskiego Księgi Trzecie

一　山と森に

見上げる丘よ、着飾つた森よ、君たちを
　眺めてゐられるこの嬉しさ。ここに残された、
自分の若かつた頃を、生活の安定などは
　気にもしなかつた、あの頃を私は顧みる。あれから私が
行かなかつた処はあるか？　味ははなかつたものは？
　大海原を私は航海し、渡つていつた。
フランスを、ドイツを、イタリアを私は訪れた。
　シビュラの洞窟を、私は訪ねた。

今日おとなしい学生が、明日は剣を
佩《は》いた騎士。今日は宮殿で廷臣に
たちまじるが、明日は聖堂参事会の
寡黙な司祭。とはいへ、つましい修道服の
僧らと同列ならぬ、人の倍の給金をいただく身分。
僧院長となつたとしても、何の不思議があらう？
正にプロテウスがさうだつた、ある時は龍に、
ある時は雨に、時に炎に、時に雲の色に姿を変へた。
これから先だうなるか？　頭《かうべ》には早や銀の糸、
折々の与へるものを逃さず摑む者に、私は与《くみ》しやう。

有名な詩である。初めてこれを読んだ時から、私には気になっていることがあった。冒頭の二語「Wysokie góry」である。両方ともあまりにも基礎的な語彙なので、普通は「高き山々よ」となる。マイケル・J・ミコシ（Michael J. Mikoś）も「High mountains」と英訳した。だが日本語でこう書くと、本州中部であれば、少なくとも標高二五〇〇メートルはなければならないと人は思うのではないだろうか。しかしそんな高山はポーランドにない。少なくともコハノフスキの故郷チャルノラスがあるポーランド中央部にはない。というわけで、初め

てそこを訪れた時は、かなり注意深く辺り一帯を眺めたが、あってもせいぜいが丘陵だった。実はこれまで私も授業などでは「高き山々よ」と訳してきたが、授業ではすぐに注釈を加えることもできた。しかしこの本を書くに際して初めて、これをやめることにした。言語間の語彙に一対一対応があるかのような幻想にはそれなりの誘惑はあるが、ここではコハノフスキの目に見えていた景色を優先した。

これほど句跨り（アンジャンブマン）の激しいフラシュカもないのではないかと思えるほど、日本語にするのは厄介な作品だが、それは同じくこれほど自伝的内容を時系列で盛り込んだコハノフスキのポーランド語詩もないだろうと思えることと関係しているようだ。一句一句にそうした伝記的注釈を加えるとすれば、大変な分量になるので控えるが、適度な自虐、自戒と適度な自負が、隠遁生活を決断するに充分な諦念に支えられている。

なお、コハノフスキは一五六四年二月七日から七四年六月一日までの十年もの長い間、ポズナンあるいはズヴォレンの聖堂区司祭の地位にあった。「寡黙な」というのは、上級の叙階を受けていないコハノフスキが実際に現地に通って司祭の仕事をしたわけではなかったことを暗示している。現実に仕事をしていたのは彼の代理人であり、「聖堂区司祭」といってもあくまで名目上の、名誉職のようなものだったということらしい（しかしそこからかなりの実収入は得ていた）。

六　科の木に寄す

学のあるお客人、もしも貴方が私の蔭を求めて、
　夏の日の暑い日差しから逃れてきたのなら、
もしも貴方がリュートを懐にし、冷たい水中に壺を置き、
　あなた自身も傍らで涼しく坐すならば、壺の魅力もひとしほ。
けれどもワインもオリーヴ油も、私に注ぐ必要はありません、
　勢ひある樹木は、何よりも天の水によつて生きるもの。
けれども私には、むしろ褒め称へる詩をください、
　さうすれば、実のならぬ樹ばかりか、実のなる樹まで
嫉妬するかもしれません。「科《しな》の木に詩をやつてだうなる?」
　とはだうぞ言はずに。オルフェウスが奏でれば、森は踊るのです。

七　科の木に寄す

ご覧なさい、お客人、青々としてゐた私の葉は
　早々に枯れ、私はもうどこからも丸見え。
突然のこの災難、原因は何だとお思ひ？
　悪いのは寒波でもなく、暴風でもなく、
へたな詩人の詩が私の許にも届き、私の御髪は、
　ひとへにその悪臭がもとで落ちてしまつたのです。

一二　愛に

有翼の愛たちの母よ、
　憂へと喜びを分け与へる者よ、
純白の白鳥に繋いだ
　貴女の金の車に乗り込むがいい。
軽々とした軌跡で天から降《くだ》り、

ヴィスワの岸に現れよ、そこに私は
この手で新しい芝の祭壇を建て、
　貴女に奉納しやう。
私は血腥《ちなまぐさ》い贄《にへ》を供へはしない。
　世に対して優しく、人の好い女神が
むごい供物を貰つて何としやう？
　代はりに私は貴女に、異国から
送られてくる馨《かぐは》しい香を供へる。
　色とりどりの綺麗な草花を供へる。
菫もあれば、百合もあり、
　マヨラナやサルヴィアもあり。
貴女自身の愛らしい薔薇の花も、
　白いものも、紅いものも。
そんな供物で私が貴女に冀《こひねが》ふのは、
　おお、豊かなキプロスの女王よ、
違《たが》つてしまつた二つの心を一致させるか、
　さもなければ私を自由の身にしてくれるか。

だがむしろ、私たち二人を共に
貴女の金の軛《くびき》に繫ぎたまへ、
さうすれば、私も彼女も、生ある限り、
繫がれながら、貴女のために働かう。
聞き入れたまへ、おお、愛たちの母よ、
憂へと喜びを分け与へる者よ。
このまま世界のどこであつても
貴女の権力の永遠ならんことを希ふ。

題名の「愛」は、単数か複数か形だけでは判らないものの、内容からしてヴェヌスであり、他方一行目にある、はつきりと複数形だと判る「愛」は、英語で言うキューピッド。

一五　僧院長に

僧院長、これで知りましたね、司教たちとだう遊ぶべきか、
手許の勝ち金が減つてきたのに気づいた貴男は、

コインを口に頬張り、いかにも負けたやうな振りをしたが、
相手の神父さんの勘定によると、だうも計算が合はない。
隠して割は合ふのか？　果せるかな、口の辺りに拳が達し、
コインが飛び出た。歯ではなかつたことに感謝するがいい。

一七　自分の詩について

私は自分が生きてゐる通りに書くことしかできないので、
私の詩が酔つ払つてゐるとすれば、それは私自身が好んで飲むからだ。
酒盛りも嫌ひではないし、冗談も私は嫌ひではなく、
時には被《かづ》き物もいい。だから私の本はさういうもので一杯だ。
本心を偽つて何になる？　人生における節度を私に教へやうとする
神父、貴男自身が悪魔をその身に隠してゐるではないか。

「被き物」つまり「かぶりもの」は、女性が頭髪を隠していたことから、女性一般を指す。

一九　レイナに

わが王女よ（さうも呼ばれてゐるだらう）、
　面と向かつて会つた上で約束できない以上、
好むと好まざるとに拘らず、それを
　手紙に託す外はないものの、さうすることで、
貴女に対する私のこの魂を励まさねばならない。
　通ふと思ひ、自分の魂を励まさねばならない。
幸せな便箋よ、彼女はおまへを
　その愛らしい手で撫でてくれるだらう、
おまへをその優しいまなざしで見るだらう、
　それはおまへ以外の者が望んでも無駄なこと。
彼女が薔薇のやうな口を優しくおしあてる
　おまへは何と幸せ者であることか。
みづからが贈る贈り物に変身できるやうな、
　そんな魔法を見つけた人間がゐないだらうか。

二二　異端者たちに寄す

何の為に諸君は、異端者どもよ、教会に来るのだ？
　儀式などといふものは笑ひ種《ぐさ》だと考えてゐるにも拘らず。
諸君の目にはミサも聖体行列も悪と映るならば、
　大食ひ、物欲、金銭欲は果してましなのか？
まづは、哀れな人々よ、自分の目から梁《うつばり》を取り除き、
　それから他人の目の藁屑を除くべく手を伸ばすがいい。
諸君の会堂では如何に良い教へを学べるかと誇らしげだが、
　諸君がそこへ押しかけるのは、物が配られる時だけではないか。
その結果、もし手ぶらで妻の許に帰ることになるならば、
　水を聖別し、鐘に洗礼を施すことと似たやうなものではないか。

二五　ギリシア語から

解き放たれた牡牛らは、烈しい雨に濡れそぼち、
　住みなれた小屋をめざし、みづから山を下《くだ》り来る。
ティリマフは、背の高い楢の樹の下《もと》、不憫にも、
　三本の歯を持つ雷《いかづち》に眠らされ、とこしへの夢を見る。

　ティリマフは牧夫の名。「三本の歯を持つ」とは、ポセイドンなどが持つ、いわゆる三叉《トリアイ》
鉐《ナ》のようなという意味。

二九　フラシュカたちに

ありとあらゆる自分の秘密を私が託す、
　かけがへのないフラシュカたち、私の大切なフラシュカたち。
運命《フォルトゥナ》が私を優しく扱ってくれることもあれば、
　さうでないこともあり、もちろんその方が多い。

おまへたちの中に隠された私の企てを探り、究明しやうと
骨折る勤勉な者が誰か、いつの日か現れるのだらうか？
もしそんな者が現れたら、言つてやつてくれ、頭を悩ますだけ無駄だと。
その者が迷ひ込んだのは、尋常ならざるラビュリントスであり、
如何なるアリアドネも、如何なる糸玉も、そこから彼を
救ひ出せぬほど、錯雑した迷路なのだといふことを。
その挙句、角のある牛頭人を閉ぢ込めやうとそれを
築いた工匠自身が、必ずしも常に出口に達する
こともできず、両肩に翼を付ける工夫をして、
やうやく飛び出すことができたのだといふことを。

三四　魂について

まともな頭でないと言はれさうだが、言はう、
人間、一つの魂だけでは生き抜くことが難しい。
だから一つは体内に、もう一つは巾着の中にあればいい。

ご存じの通り、こっちが無ければ苦しく、あっちが無ければ生き難い。

三五　三美神《カリス》に

仲の良いカリスたちよ、悲しみに打ちひしがれた私は、
貴女たちに自作の不幸な詩を、自分の侘しい絃《いと》の音を捧げやう。
愛が私の心にもたらした挫折のあまりの大きさに、
私はただの影となり果てて、私そのものは愛に滅ぼされてしまつた。

三七　チャルノラスの家に寄す

主よ、これは私の仕事、そしてあなたのお力添へ。
あなたの祝福が、最後まで授けられんことを。
他の者は、大理石の館を持てばよく、
まことの金襴地で壁を張ればよい。

だうか私を、主よ、この故郷の巣に住まはせ、
だうか私に健康と曇りなき良心とを、
誠実な人生と、人の情けとまづまづの暮らし、
難儀のない老後とをそなはせたまへ。

古語特有の難しさがないこともあり、小学校の国語教科書にも載る、きわめて有名なフラシュカで、官職を完全に退いて、自分の領地に落ち着いてからの作品と考えられている。チャルノラスは、ワルシャワの中心から南南西に一〇〇キロほどの村で、コハノフスキ家の所領だった。このことから、後世コハノフスキは「チャルノラスの詩人」と呼ばれるようになる。

詩想はコハノフスキが創作的に翻訳した旧約聖書『詩篇』第四篇七〜八節にかなり近い。すなわち――

「人々が倉を満たさうとも、すべての地下蔵が酒で溢れやうとも、私はあなたのみ恵みを恃《たの》んでやすらかに眠るだらう。あなた自ら、わが主よ、常《とこ》しへに私を見そなはすのだから」（㈱ハンナ刊、黄木千寿子、小早川朗子、関口時正編、ミコワイ・ゴムウカ作『ポーランド語《詩篇》のための音楽』七二〜七三頁参照）

ちなみに、該当する箇所を日本の文語訳聖書で見ると、こうなつている――「なんぢのわ

が心にあたへたまひし歓喜《よろこび》はかれらの穀物《たなつもの》と酒との豊かなる時にまさりき。われ安然《やすらか》にして臥《ふし》またねぶらん、ヱホバよわれを獨《ひとり》にて坦然《たひらか》にをらしむるものは汝なり」。

三九　フラシュカについて

これらのフラシュカには、真面目なものと不真面目なものとが交ざつてゐる。従つて一方のフラシュカが趣味に合はないやうであれば、自分に合ふものだけを取り、それ以外のものは別の者に譲つて欲しい。

君はこちらを好むが、彼はあちらを選ぶといふ具合で。

私はといへば、大店《おほだな》の裕福な商人よろしく、

あらゆる類ひの外国人を相手に自分の商品を並べる――

こちらはビシュル、こちらにコフテル、こちらイタリアのザポンカ、

あちら奥には、絹を半分混ぜた織物や黒の指輪がござい。

全三巻のフラシュカ集の中には、フラシュカそれ自体に言及する、いわば自己言及的なフラシュカが少なくない。それも定期的にと言いたいくらいの間隔で出てくる。これもそのう

ちの一篇で、自分が編んだフラシュキ集には、好みに応じて選べるだけの多様性はあるということだろう。ビシュル（bisiór）は、地中海のハボウキガイ科を代表とする二枚貝が分泌する繊維「足糸」が原料の「海の絹」と呼ばれる高級な布ではないかと思う。薄く、透明で光沢があり、しかし極めて耐久力のあるもののようだった。コフテル（kofter）は絹織物の一種であるということしかわからない。ザポンカ（zaponka）は布と布を重ねて留める小さな金具・装身具で、カフス釦《ボタン》やブローチなど色々な形状のものがあった。手前に高価な商品、奥にゆくほど安価な商品が陳列されているイメージではないか。なぜ「外国人を相手に」なのかと訝しく思ったが、もしかすると、たとえば自分自身が外国人として見て回ったイタリアの商店の店先が、瞼の裏に泛かんでいたのかもしれない。

四九　スタニスワフ・ストゥルスの為の墓碑銘

自らの肉体を投げ出してあらゆる脅威に立ち向かひ、兇悪な異教徒の
　行く手を阻むのは、ストゥルス一族にとって何ら新しいことではない。
そのやうに祖父は戦死し、父もそのやうに、私の伯父たちもさうしたのであり、
　この討ち死にもまた、わが首に定められたものだつた。

私は異教徒の血の中に仆《たふ》れたのであり、私を惜しむ者は、真つ当な死がいかに玩味すべきものであるかを知らぬ者であることは明白。

私、スタニスワフ・ストゥルスは、此処に眠る。立ち入るな、異教徒よ、義にもとづく弾劾は、死してもなほ免れぬぞ。

五〇　読者に

読者よ、いつたん読み始めた以上は、最後まで読んでくれたまへ、もし判らぬところがあつたとしても、私には訊いてくれるな。

それは会衆の理解がゆかぬ、説教師にも秘められた、説教のかの部分、特別な部分といふことだ。

五一　ルビミルに

賢い書物を刷る

書店の前を通ったルビミル、
並んだ書物の題名の中、
『フワ河の合戦』と読み取った。
そして怖気づき、へたりこんだ――
「ああ諸君、モスクワの英雄達！
後生だから、殺さず、
生け捕りにしてください！」

コハノフスキが生きている間に、「フワ（Huła）河の合戦」と呼べる戦は二度あったが、このフラシュカで言及されているのがどちらかはわからない。一つは一五六四年にミコワイ・ラヂヴィウ赤公（Mikołaj Radziwiłł Rudy）がリトアニア軍を率いて収めた大勝利（チャシニーキの合戦ともいう）であり、ロシア側の戦死者は一万人に上ったという。二つ目は、一五六七年にヤン・ホトキェーヴィチ（Jan Hieronimowicz Chodkiewicz）がやはりリトアニア軍を率いてウワ（Uła, Ułła＝フワ）城の攻略を開始し、激しい包囲戦の後、翌年攻め落とした戦いである。

五二　猫の墓碑銘

茶鼠色の猫よ、お前が、鼠に満足してゐたうちは、
　鷹どもと一緒になつて別の猟に首を突つ込むまでは、
人々の寵愛を受け、毛皮を撫でて貰つては、
固い尻尾を空に向けて突き上げてゐたものだ。
が今や、鼠よりもましな食事をと願ひ、
　鳥を漁つてあたりの鳩小屋を徘徊、
命を捨て、不憫にも、楢の木にぶら下がる現在、
　鼠も、鳩も喜ぶ、お前の死であつた。

五四　健康に寄す

貴き健康よ、
君の味はひは、
君の朽ちる時まで

誰も知らない。
そのとき人はそれを
目の当たりにして、
みづから言ふ——
健康より良いことも、
大切なことも
何もない、と。
財産、
真珠、宝石、
そして若さも
恵まれた容姿も、
高き位階、
広き権能、
すべて結構——が、それも
総身の健やかであればこそ。
活力がなければ
世も疎ましい。

貴《あて》なる宝物よ、
君に捧げた
この貧しきわが家を、
だうか気に入つてくれるやうに。

五五　ルズィーナの墓碑銘

歳の満ちたルズィーナ、此処に眠る。
足りたのは歳だけで、ワインに非《あら》ず。
御ミサも鐘も彼女には無用、
欲しいのは麥酒の入つた緑の壺。

五六　或る祭司のこと

祭司は妻帯することができないといふ法がある。

又、その身体の如何なる器官も欠けてゐてはならぬ。
彼は妻帯してゐなかつた筈であるから、耳は残して
やれただらうに。だが睾丸は諦めさせた方がよかつた。

旧約聖書の「レビ記」二一節一六～二三には次のように書かれている（新共同訳）――「主はモーセに仰せになった。／アロンに告げなさい。／あなたの子孫のうちで、障害のある者は、代々にわたって、神に食物をささげる務めをしてはならない。だれでも、障害のある者、すなわち、目や足の不自由な者、鼻に欠陥のある者、手足の不釣り合いの者、手足の折れた者、背中にこぶのある者、目が弱く欠陥のある者、できものや疥癬のある者、睾丸のつぶれた者など、祭司アロンの子孫のうちで、以上の障害のある者はだれでも、主に燃やしてささげる献《ささ》げ物の務めをしてはならない。彼には障害があるから、神に食物をささげる務めをしてはならない。しかし、神の食物としてささげられたものは、神聖なる物も聖なる献げ物も食べることができる。ただし、彼には障害があるから、垂れ幕の前に進み出たり、祭壇に近づいたりして、わたしの聖所を汚《けが》してはならない。わたしが、それを聖別した主だからである。」この律法の内容は、当時のカトリックの教会法でも継承されていただろう。他方、世俗の法律でも、既婚女性と私通に及んだ男性は、罰として鼻や耳が切り取られることがあったことが、たとえばリトアニア大公国の法令集などを見ると書いてある。

つまり独身男性のカトリック聖職者が既婚女性と通じたので罰もしくは報復として（たとえば女性の夫により）耳を切り取られた。そうすると当然、祭司は祭司でいることができなくなるが、今後も罪を犯す可能性は残る。それに対して、外から見てすぐにわかる耳を切り捨てるのではなく、睾丸を切り取れば、運よく祭司の職を続けられたかもしれないが、もうそれ以上罪を犯せるような体ではなくなる――ということだろうか。

西暦一世紀のラテン語詩人マルティアリス『エピグラム集』第二巻八三番と第三巻八五番を踏まえた上で書かれたフラシュカだが、舞台を一五〇〇年後のポーランドに移し、間男としてカトリック祭司を登場させたところがコハノフスキの発明である。

五七　ピョートルの墓碑銘

私はこの地に、貴男の狩猟術を記念して、
　愛すべきピョートルよ、固く打ち込まれて立つ石柱。
貴男の墓の回りには一頭の馬、矢、犬たち、網を掛ける杭から
　拡げた網に至るまで、全ての猟具が揃つてゐる。
全ては――遣る瀬ない――石だ。獲物となるべき獣は

心安く貴男にすり寄り、貴男は永久《とは》の眠りを睡る。

六四　ヴァツワフ・オストロルクに

否定はしない、私は酔つ払つた——ワインで？　それとも詩で？
もしワインで酔つたのなら、そのワインの香りは繊細だ。
判るか、徳高きヴァツワフよ、今になつて私がだう感じてゐるか？
私は自分の真《まこと》の自画像を描いてゐるやうな気がするのだ。
私はこれを、お偉い司教様たちの肖像の間に掲げて貰はう、
荘園の数ではなく、自作の詩によつて知られる者の肖像として。
見れば、誰もかもが酔つてゐる。私もまた酔つてゐる——
人は幸福で、私はワインで。赦せ、アドラステイアよ！

ヴァツワフ・オストロルク（Wacław Ostroróg / ? ~ 1574）は、ヴィエルコポルスカ地方の名家オストロルクに生まれ、ポーランド兄弟団の有力な庇護者として知られた。アドラステイアは、ギリシア神話のネメシスの別名で、復讐や因果応報の女神。「私は自分の真の自画像を

描いてゐるやうな気がする」というのは、フラシュカの執筆、ひいては文学創作全体を意味しているのだろうか。

六八　ワイングラスに寄す

何年も前、わたしは代々のクラクフ県知事に仕へ、
持ち前の美貌で主人の食卓を飾ったものでした。
このたび、グウォスコフスキ様の許に来ましたが、
わたしの身にはこれ以上望むべくもない良いお方。

グラスが一人称で語る、とりたてて含意があるとは思えない、いたって軽い詩だが、軽妙であればあるほど、韻律という「音」の面白味が翻訳では味わえないことの無念さが募る。グウォスコフスキは恐らく一五七〇年七月三一日付けでズィグムント二世アウグスト王の廷臣となった Stanisław Głoskowski だろうとされる。グウォスコフスキはそれ以前の長い期間をハンガリーで過ごしたということと、この詩の最終行はよく呼応する。ワインと言えばハンガリー産ワインに決まっていた時代である。

七〇　或る山羊のこと

智慧の愛好家は、われわれに言ふ、
　口を利かぬ動物は知性を持たない、と。
だが最近、或る山羊が次のやうな技をやつてのけ、
　自分の知性を全世界に対して明らかにしたのである。
彼は一匹の生きた泥鰌《どぢやう》を食べた。短気な泥鰌は
　消化を待たず、生きたまま山羊の中を通過した。
山羊は再び相手を尻の穴に入れた。相手は、テセウスが
　例の糸をたぐつて迷宮を脱した如く、再び尻の穴を出た。
山羊よ、さつさと消化しないと。再び相手を胃袋に追ひ込むが、
　泥鰌も勝手知つたる道筋のしるしを見誤る筈がなかつた。
山羊は思案の体。博士のやうなその顎鬚で、
　見るがいい、それ相応に学生のやうな解決策を得たのだ。
泥鰌を呑み込むと、尻の穴を壁に押し付けた山羊、

三度《みたび》駆け抜けていつた俊足の騎士をかうして捕らへた。

七二　雨乞ひの祈り

あらゆる善を頒ち与へる永遠の統治者よ、
あなたに向かつて雨を乞ひ祈るのは、
太陽の炎に焼かれた大地、うなだれた草花、
そして農夫らの希望、渇いた穀物たち。
あなたの聖なる手で、湿つた雲を絞りたまへ、
さうすれば雲らは、炎に捉へられて乾ききつた
大地と樹木を潤さう。おお、乾いた磐《いは》から不可思議の
泉を呼びさます者よ、その賜物を見せたまへ！
あなたは夜露を降らせ、流れのとどまることない
河に、活ける水を惜しみなくさらに与へる者。
炎のやうな茜雲や星々に糧を与へ、養ふ
貪欲な海、そして地の淵を、あなたは満たす。

あなたが欲する時、全世界が洪水に沈み、
　あなたが欲する時、それは羽のやうに炎上する。

七四　ムシーナの代官《スタロスタ》に

さう、ムシーナの代官、
　貴男はまことにワインに詳しい。
詳しいばかりか、持つてゐる。荷車を
　上から落とせば、そこはもうハンガリー。
昔ながらのその味利きぶりを見せてくれ、
　世に名高いムシーナの代官よ、
そして私にも味見をさせてくれたまへ、
　私もまた樽に目がないものだから。
尤も、私は自分が詩人であることを悔いてはゐない。
　アルファ、ベータの心得も捨てたものではない。
人々の、スタニスワフ君よ、心を

本当に摑みたいと思ふならば、
サファイアでもなく、ルビーでもなく、
上等なワインでこそ彼らをもてなすことだ。
さうすればどんなご利益があるかと言へば、
今でも雲居に近い君だが、
われら、酔つ払つた詩でもつて、
君を天までお連れしやうではないか。

ムシーナ（Muszyna）はポーランド最南端に位置して今も存在する小さな町で、スロヴァキア共和国との国境まで、わずか五キロと近い（長い間スロヴァキアはハンガリー王国北部の一地方だった）。ポーランドでは山間地のイメージで、とくにスタロスタが居たムシーナ城は、ポプラト河右岸にそそり立つ海抜五二七メートルの断崖の上にあったので「上から落とせば、そこはもうハンガリー」の表現にも真実味がある。「アルファ、ベータの心得」があると

図11　19世紀中頃のスケッチ画で、手前にポプラト（Poprad）河が流れ、山の上にムシーナ城の廃墟が見える。

いうのは、教養がある、文章が書けるという意味に解する説と、ギリシア語を知っている意味だとする説があるが、両方の連想を呼ぶ表現なのだろう。当時のムシーナはクラクフ司教の領地であり、そこを治めるスタロスタ（江戸時代の代官？）も、クラクフの司教により任命されていたが、このフラシュカで語りかけられている相手は、スタニスワフ・ケンピンスキ（Stanisław Kempiński）で、一五七九〜八九年間、ムシーナのスタロスタだった。一般に郡の長であるスタロスタと、司教直轄領のムシーナのスタロスタとでは機能が違ったようなので、「代官」と訳してみた。

七五　馬の墓碑銘

お前の喪に服すお前の主人は、お前の果敢さを思ひ出しつつ、
白いたてがみのグリンカよ、この大理石でお前を顕彰した。
まことにお前は、傷一つ負ふことなく、大空で、
天翔《てんか》けるペガススの隣で輝くに充分値した。
風と走り競べをすることのできたお前が、ああ不憫にも、
不吉な死神から逃れることができなかつたとは。

七七　ミコワイ・ヴォルスキに

かくて君は国もと離れ、出立する、親愛なる太刀持ち《ミェチュニク》よ！
　私にも神々のもつと好意的な応援があつたなら、
君の旅の道連れといふ楽しみも味わえたのだが。
　君と共になら、勇敢なイアソンがその船を辛くも
無事に通しおほせた、シュムプレガデスの海を渡り、
　コルキスの国をめざす冒険にも敢へて乗り出さう。
君と共になら私は、徳高きスタロスタよ、
　ラエルテスの子の全道程を経巡ることもできる。
トラキア、ロトパゴス族に独眼のキュクロプスたち、
　力強いアイオロスの高楼、アンティパテス、
薬草を用ひて人を、あるひは犬に、
　あるひは牛に変へる力を持つ魔女。
地獄、セイレーン、スキュラ、酷《むご》いカリュブディス、

そして貴重な御馳走となつた太陽の牛たち。
広大な権力をもつ海のニンフたち——それもこれも、
君と共にであれば、すべて容易に凌げよう。
だが私を（私には隠し通すことができない）
心配で放さうとせぬ女がゐるのだ。旅の話を
私がしやうものなら、顔は蒼ざめ、眼に涙が溢れ、
私を見つめたまま、心臓も手足も硬直させるので、
とてもではないが、暗闇で剣を握つて戦ふことも、
シビュラたちとチェスを指すことなども考えられぬ。
だから君は僕をおいて独り、吉時を選び、出かけたまへ、
そして自分の思ひの通りに世界を探訪したならば、
徳高きヴォルスキよ、名声と元気な体を携へて、
良き祖先のポーランドへ帰り来るがいい。

ミコワイ・ヴォルスキ（Mikołaj Wolski / 1553 ~ 1630）は外交官、政治家、元老院議員。ポトハイツェ（Podhajce 現ウクライナ西部のピトハイチ）生まれのミコワイは、子供のころから十代の終わりまで、オーストリアの大貴族の宮廷で育ったらしいが、詳しい経緯は私も調べきれて

いない。ポーランドに戻ってすぐの時期だと思われるが、一五七四年、選挙で選ばれた初のポーランド国王、ヴァロワ家のアンリ（ポーランド名ヘンリク）から、ポーランド王国ミェチユニク（Miecznik Koronny）の官位と称号を与えられた。王ヘンリクの戴冠式は同年二月二一日、クラクフのヴァヴェル大聖堂で執り行われた。ところが同年五月三〇日、兄のシャルル九世フランス国王が病死すると、六月一八日から一九日にかけての夜陰に乗じ、アンリは変装して王城を脱出、フランスへ逃れ、結局ポーランドには戻らなかった。自分をミェチユニクに取り立てた国王の逃亡という驚くべき事件の後、ヴォルスキもイタリアへ向かい、長期間帰国しなかった。コハノフスキのフラシュカは、その出立に際して、書かれ、贈られたもの。そうした背景を考えて読めば、息子であってもおかしくない年齢の、前途有為の青年に対する餞《はなむけ》の詩であり、自分の過去の実体験と神話を重ねた濃密な措辞も味わい深い。また詩の後半に出てくる女性は、恐らくこの時点で婚約の段階にあったドロータのことだろうと考えられていて、旅をあきらめ、安定した生活に入ろうとする時期の感慨にもリアリティがこもる。

ポーランド王座の空位は一年半ほど続き、一五七五年の選挙ではトランシルヴァニア出身のステファン・バトーリが、その次の選挙では（一五八七年）スウェーデン人のズィグムント三世ヴァーザが選ばれた。欧州各地をよく知り、多くの言語も操ったヴォルスキはいずれの国王にも重用されたと思われるが、特にズィグムント三世の覚えはめでたく、親しい仲だったという。ヴォルスキはイタリアからカマルドーリ修道会をポーランドに招いた。クラクフ近郊のビェラーネに今も残り、活動を続ける同会の修道院もヴォルスキの発願、出資により建立されたという（この世にも珍しい修道院、はたしていつまで生き永らえることだろうか）。

八一　智慧について

賢明であること、或ひは世界の大きさを知性で
測らうとすることが、智慧なのではない。人の歳月は短い。
その中で、大きな事を追求し、既に在るものはただ
移ろふに任せるのは、よほどの狂人にこそ似つかはしい。

《飲酒にまつわるフラシュカ三篇》から

一　酒で友を釣るべきでないこと

諸君が聞きたいのであれば、私の意見を言おう、
　良き作法に必要なことは何か、について。
だが先づ知つて欲しいのは、満酌《まんしゃく》しながら
　友を探す連中に、私は与しないといふことだ。
言ひ争ひや揉め事が巣くふやうなところに、
　愛が生まれてくるはずもないだらう。
濁つた頭が不用心に思慮もなく何をしでかすか
　わからぬところで、愛が育つはずもないだらう。

徳こそすべてに勝るもの。そして
　情に篤《あつ》い友より大きな宝物はない。
そんな宝をしっかり獲得すれば、
　生きてゐる限り、貧苦に陥る心配はない。
だが世界の創造よりこの方、
　吾らの生きる現代にいたるまで、
歴史上、真実の友として書物に記されたのは
　わづかに二、三組にすぎない。
果して吾らはそれを麥酒で得やうとするのか？
　友愛を、吾らは何と軽んじてゐることか。

二　健康を願ふ満酌

主《あるじ》、健康を願つて飲む。
　お客人、起立！　誰の健康だ？
国王の健康を願つてだ。起立して

もう一杯飲み干さう！
王妃の健康を願ひ。起立すべし、
そして乾杯。あの方《かた》の後はこの方。
王女の健康を願ひ。私はもう立つてをる、
さつさと私の杯を渡せ。
司教の健康を願ひ。起立して、
或ひはもう坐らぬことにするか。
この一杯は議長の健康を願ひ、
えい、お客人、改めて起立！
この一杯は伯爵のため、よつて起立する！
いつ脚を休ませるかね？
主《あるじ》は手に杯を持ち、
吾らは吾らの責務を心得るべし！
小僧、わしの椅子を片づけろ、
わしはもうこのまま宴会が終はるまで立つ。

訳者後記

この《ポーランド文学古典叢書》第一巻がヤン・コハノフスキの『挽歌』だった。到底それで終わるわけにはゆかないとは思っていたし、そもそも、彼のポーランド語作品をすべて翻訳するという野心も、昔は持っていた。コハノフスキによる旧約聖書『詩篇』のポーランド語訳（というより創作）『ダヴィデの詩篇』は、全一五〇篇のうち三六篇を、ミコワイ・ゴムウカの楽譜に添えるという、小規模で間接的な形ながら、すでに日本語で紹介した。残り少ない時間をあてるに何を優先すべきかと考えた結果、ピェシニつまり《歌》とフラシュキつまり《戯れ歌》に決めた理由は、やはりポーランド語の空間においては、この二つのジャンルでこそ、コハノフスキの現代までつづく存在感がもっとも大きいからだった。

日本で言えば中学校一〜二年の段階で、ポーランドの国語の授業に登場するのも、この二ジャンルの作品に限られている。教科書に掲載される順番はこの本とは逆で、フラシュキが先で、ピェシニは一年後に学ぶ。ちなみに、初中等教育で平均的ポーランド人が接するコハノフスキの作品は、『挽歌』と本書でほぼすべて紹介したことになる。

『夏至祭の歌』は一二篇すべてを翻訳したが、歌集第一集の二五篇からは一四篇、第二集二五篇からは一二篇を選んだので、本書に掲載した作品は、コハノフスキの《歌》全体の六割強になる。フラシュキは第一集（一〇二）から三八篇、第二集（一〇八）から四三篇、第三集（八六）から三〇篇ということで、都合、三八％弱しか翻訳しなかったことになる。

『歌集全二集』（一五八六）も『フラシュキ（全三集）』（一五八四）も、初版については、コハノフスキ自身が掲載作品を選択し、配列したことがわかっている。そうであればそれを無視して取捨選択し、紹介するのは、原作者の表現の歪曲であり、非難されるべき行為である。フラシュキ第一集の五四として、神父が売春婦と一晩愉しく過ごした結果、翌日のミサをさぼらざるを得なくなったという「或る神父のこと」が、コハノフスキの死後（！）、編集者の判断により、再版以降（たしか二十世紀まで）掲載されなかったという、第三者による歴とした検閲とさほど変わりはない。その意味で、すべての作品を網羅しなかったことについては真率にお詫びしたい。どういう作品をなぜ割愛し、どういう作品をなぜ取り上げ、訳したのか、という説明、つまり釈明は一切しないが、コハノフスキのテクストの振幅はなるべく示したかった、つまり最大値や最小値にあたる表現は必ず拾おうと努めたことだけは確かなので、ここに記しておく。普通は伏字で処理されるような俗で猥褻な言葉から、典雅で格調高い言葉まで、囁き声の独白から二人称の激越な弾劾まで、文字通り歌うようなカンティレーナから多声の飛び交う演劇的な構成まで、今回、翻訳しながらあらためてコハノフスキのテクストがもつ多様性には驚かされた。

この本で思い切って割愛したのは、個々の作品について、詩想や修辞、語法がどのような古代ギリシア・ローマ文学やルネッサンスの欧州文学（たとえばペトラルカ）とどのような関りを有しているかということをめぐる詮索である。西洋古典の素養がまったくない私にはもとより詮索のしようがないことで、できるとすればこれまで研究者がしてきた指摘を紹介することだけなのだが、一、二の典型例を挙げるにとどめて、それ以外はおしなべて捨象した。ところどころで解説のような、注釈のような文章を添えたが、心がけたのは、あくまで「読み物」として読めるように書くということだった。

翻訳の悩みはいろいろあって尽きないが、読者に教えを乞うためにも、一つだけ記しておくと、コハノフスキがひっきりなしに使う言葉「dobra myśl」の訳し方である。直訳すれば「良い考え」「好い想い」のようになるが、およそ使えない（何か元になったラテン語でもあるのだろうか）。以前は文脈に即して訳し分けていたが、一度も満足できた例しがなく、今回は「愉快な気分」に統一して通してみた。ここに収録したピェシニで七度、フラシュキで二度出てくるはずであり、それぞれの場ですっきり収まっているとは到底思えない。もっといい訳がありそうな気はずっとしていて、今でもそうなのだが、とりあえずは観念する。

歌集の方では「第十三歌」という表記を採用したが、これは原書初版でローマ数字を使った「Piesn XIII」となっていることを示している。そしてそれぞれの歌に題はない。これに対して、《フラシュキ》の方は原書初版で、題名はあっても数字つまり番号はふられていない。番号はあくまで読者や研究者の便宜をはかって後世になって付されたものである。コハノフスキは番号を付していないということである。そのこともあり、またフラシュカは数が多いこともあり、本書では「一三　とある女性に」というような表記にした。

原文で大文字始まりのものには、訳文中で傍点を付した。

歌

ここで《歌》としているのはポーランド語の女性名詞ピェシン（pieśń）のことである。ピェシニ（pieśni）はその複数形。ラテン語で相当するのはカルメン（carmen）、複数形でカルミナ（carmina）だろうか。藤井昇はホラティウスを翻訳してルビ付きの『歌唱《カルミナ》』とした。ポーランド語文学でこれをひとつのジャンルとして確立したのがコハノフスキであり、彼の念頭にあったのはホラティウスなので、それに倣って《歌唱》という語を使う手もあったかもしれないが、私は《歌》という単語が——ポーランド語でも日本語でも——もつ普遍性を優先した。十九世紀以後の現代ポーランド語ではピェシンと言えば、ここに紹介したコハノフスキ流の抒情詩か、実際に音楽を伴った歌曲を指す。いずれにしても、フラシュキとは異なり、ピェシンは詠唱、朗詠されるにふさわしい形式と内容を備えていて、形式面での最大の特徴はやはりスタンザに分かれているということではないだろうか。

コハノフスキが没して二年後の一五八六年、クラクフの版元「書肆ラザロ」（Drukarnia Łazarzowa, Oficyna Łazarzowa,Officina Lazari）から『ヤン・コハノフスキ歌集全二集』（*Pieśni Jana Kochanowskiego Księgi dwoje*）という本が出版された。そこには『第一歌集』に二五篇、『第二歌集』に二四篇、それに続いて独立した扱いの『夏至祭の歌』の一二篇と本書巻頭に掲げた「主よ、あなたは何を吾らに望む」で始まる歌が一篇掲載され、さらに付録として「ヤン・タルノフスキの死について……」という一五六一年発表の詩が再録されていたが、これは訳さなかった。翻訳に使用した底本は *Jan Kochanowski – Dzieła wszystkie, Wydanie sejmowe*, t. IV, 1991 および *Jan Kochanowski – Pieśni i wybór innych wierszy*, opr. T. Sinko, Biblioteka Narodowa, Seria I, nr. 100, wyd II, 1948 である。句読点などのいわゆる約物は、日本語の要請に合わせたので、底本を離れた箇所が少なくない。

戯《ざ》れ歌

フラシュカ（fraszka）——複数形フラシュキ（fraszki）——もコハノフスキが創始し、定着させた文学ジャンルで、語源はイタリア語の「葉のついた小枝。つまらぬ物事。冗談」を意味するフラスカ（frasca）。形式も内容も『ギリシア詞華集』やマルティアリスのエピグラムにかなり近い。小唄、狂歌、戯れ歌などと考えてはみたものの結局いい訳語が見あたらず、ポーランド語の片仮名読みでゆくことにした。

どちらもこの本で取り上げたが、いちばん短いもので二行しかなく、長いもので三六行にわたるフラシュカは、各詩行の音節組織も――五音節から一四音節まで――カエスーラ（句切れ）も、さまざまである。ピェシンと較べようのないほど形態は多様で、内容も一言で言えばバザールのように「何でもあり」であることは翻訳を見てもわかるはずである。『ギリシア詞華集』中のエピグラムやアナクレオンの作などの翻案でも、舞台が地中海世界そのままであるものより、舞台を十六世紀ポーランドに移し、結果としてローカル・カラーの濃いものをなるべく選ぼうとした。風俗や慣習にまつわる関心を優先して翻訳したものも少なくない。ちなみに、フラシュカで「ギリシア語から」という題のものがあれば、それは『ギリシア詞華集』に材を得ているという意味である。

翻訳の底本に使ったのは、*Jan Kochanowski – Fraszki*, opr. J. Pelc, Biblioteka Narodowa, Seria I, nr. 163, wyd. II, 1991である。翻訳の対象とするフラシュカは、コハノフスキ自身が選択し、配列した第一集〜第三集から選んだが、例外的に『チェフ・レフ物語再考』（*O Czechu i Lechu historyja naganiona*, Kraków 1589）という薄い冊子に収められた《飲酒にまつわるフラシュカ三篇》から二篇を選んでお負けとした。こうしてみると、飲酒にまつわるものがやけに多いようだが、コハノフスキのテクストの実状からそれほど乖離はしていない。

二〇二二年九月二十五日　大森山王にて

関口時正

Niniejsza publikacja została wydana w serii wydawniczej
„Klasyka literatury polskiej w języku japońskim"
w ramach „Biblioteki kultury polskiej w języku japońskim"
przygotowanej przez japońskie NPO Forum Polska,
pod patronatem i dzięki dofinansowaniu wydania przez Instytut Polski w Tokio.

本書は、ポーランド広報文化センターが後援すると共に出版経費を助成し、
特定非営利法人「フォーラム・ポーランド組織委員会」が企画した
《ポーランド文化叢書》の一環である
《ポーランド文学古典叢書》の一冊として刊行されました。

Jan Kochanowski

1530年スィツィーナ（ポーランド）生、1584年ルブリン（ポーランド）没。19世紀にアダム・ミツキェーヴィチが出現する以前のポーランド文学において最も傑出した詩人とされる。ラテン語でも執筆した。その文学には、ギリシア・ローマ古典文化の継承に代表されるルネッサンス期欧州共通の特質に加えて、宗教的寛容、田園生活の礼讃、鋭い民族意識といったポーランド的特徴を見て取ることができる。

せきぐち ときまさ

東京生まれ。東京大学卒。ポーランド政府給費留学（ヤギェロン大学）。1992～2013年、東京外国語大学でポーランド文化を教える。同大名誉教授。著書に『ポーランドと他者』（みすず書房）、*Eseje nie całkiem polskie*（Universitas）、訳書にＪ．コハノフスキ著『挽歌』、Ａ．ミツキェーヴィチ著『バラードとロマンス』『祖霊祭　ヴィリニュス篇』、Ｓ．Ｉ．ヴィトキェーヴィチ著『ヴィトカツィの戯曲四篇』、Ｂ．プルス著『人形』、『ミコワイ・レイ氏の鏡と動物園』（以上、未知谷）、Ｊ．イヴァシュキェヴィッチ著『尼僧ヨアンナ』（岩波文庫）、Ｊ．コット著『ヤン・コット　私の物語』（みすず書房）、Ｃ．ミウォシュ著『ポーランド文学史』（共訳、未知谷）、『ショパン全書簡 1816～1830年——ポーランド時代』、『ショパン全書簡 1831～1835年——パリ時代（上）』、『ショパン全書簡 1836～1839年——パリ時代（下）』（共訳、岩波書店）、Ｓ．レム著『主の変容病院・挑発』、『インヴィンシブル』（国書刊行会）などがある。

歌とフラシュキ
《ポーランド文学古典叢書》第 10 巻

2022年11月15日初版印刷
2022年11月30日初版発行

著者　ヤン・コハノフスキ
訳者　関口時正
発行者　飯島徹
発行所　未知谷
東京都千代田区神田猿楽町 2 丁目 5-9　〒 101-0064
Tel. 03-5281-3751 / Fax. 03-5281-3752
［振替］　00130-4-653627

組版　柏木薫
オフセット印刷　モリモト印刷
活版印刷　宮田印刷
製本所　牧製本

Publisher Michitani Co. Ltd., Tokyo
Printed in Japan
ISBN 978-4-89642-710-3　C0398

《ポーランド文学古典叢書》

第6巻

ヴィトカツィの戯曲四篇

S．I．ヴィトキェーヴィチ／関口時正 訳・解説　320頁3200円

世界各地で上演され続ける前衛演劇をポーランド語からの直接翻訳で紹介。

第7巻　第69回読売文学賞（研究・翻訳賞）／第4回日本翻訳大賞受賞

人形

ボレスワフ・プルス／関口時正 訳・解説　1248頁6000円

「ポーランド近代小説の最高峰の、これ以上は望めないほどの名訳。19世紀の社会史を一望に収めるリアリズムと、破滅的な情熱のロマンが交錯する。これほどの小説が今まで日本で知られていなかったとは！」

（沼野充義氏評）

第8巻

祖霊祭　ヴィリニュス篇

アダム・ミツキェーヴィチ／関口時正 訳・解説　240頁2500円

ポーランド・ロマン主義を牽引した放浪の天才詩人の演劇分野最高の達成！

第9巻

ミコワイ・レイ氏の鏡と動物園

関口時正 編・訳・著　176頁2000円

16世紀ポーランド、宗教改革、ルネッサンス！　ラテン語でなくポーランド語のみで文章を残した最初の人物。「古き楽しきポーランド」の象徴。本邦初の日本語訳&紹介！！

数多の著作からの絶妙な抄訳と補説でミコワイ・レイの全貌を提示する。